Sonja Kaiblinger

# Chloé und die rosarote Brille

Alle bisher erschienenen Bücher
von *Sonja Kaiblinger* im Loewe Verlag:

Chloé

Band 1: Chloé völlig von der Rolle
Band 2: Chloé und der Sprung in der Schüssel
Band 3: *Chloé und die rosarote Brille*

Scary Harry

Band 1: Von allen guten Geistern verlassen
Band 2: Totgesagte leben länger
Sonderausgabe: Fledermaus frei Haus
Band 3: Meister aller Geister
Band 4: Ab durch die Tonne
Band 5: Hier scheiden sich die Geister
Band 6: Hals- und Knochenbruch

Verliebt in Serie

Band 1: Rosen und Seifenblasen
Band 2: Lilien und Luftschlösser
Band 3: Tulpen und Traumprinzen

Sonja Kaiblinger

# Chloé
## und die rosarote Brille

Mit Illustrationen von Vera Schmidt

Loewe

FSC
www.fsc.org
MIX
Papier aus verantwortungsvollen Quellen
FSC® C014496

ISBN 978-3-7855-8240-4
1. Auflage 2018

Illustrationen: Vera Schmidt
Umschlaggestaltung: Michael Dietrich
Printed in Germany

www.loewe-verlag.de

# Inhalt

ARIELLE
Pauline
Waldemar
Angeliquomir

ICH HABE
Ernst
Chloé

# Angeliquomir

Soll ich euch was verraten? Ich werde zwar nach diesen Sommerferien bereits dreizehn Jahre alt, aber ich war noch nie verknallt. Und wenn es nach mir geht, wird das bei den kindischen und dummen Jungs im Notburga-von-Sorgenfrey-Gymnasium auch nicht so bald passieren. Immerhin sagt meine Mama immer: »Gleich und Gleich gesellt sich gern«, was so viel bedeutet wie, dass es für jeden Topf einen Deckel gibt. Wenn das stimmt, bin ich bestimmt eine Tupperdose. Für die gibt es auch keinen Deckel. Zumindest nicht bei uns zu Hause.

Was die Sache mit den Töpfen und den Deckeln betrifft, so hat Papa da eine andere Meinung. Er behauptet nämlich, dass sich Gegensätze anziehen, was bedeuten würde, dass ich mich irgendwann in einen Jungen verlieben müsste, der auf wochenlangen Hausarrest steht, gern Erbsen, Rosinen und Brokkoli isst und den Geruch mag, der sich ausbreitet, wenn Frau Kümmel im Unterricht die Schuhe auszieht. Ich glaube kaum, dass es so jemanden gibt. Und wenn doch, dann will ich bestimmt nicht mit ihm zusammen sein.

Abgesehen von mir scheinen die Mädchen in meiner Klasse so gar keine Probleme zu haben, Frühlingsgefühle zu entwickeln. Da ist einerseits Pauline, die in diesem Schuljahr neu in unsere Klasse gekommen ist und vom ersten Moment an für meinen besten Kumpel Ernst Fröhlich geschwärmt hat – und das trotz seines, wie ich finde, ziemlich dämlichen Namens. Und dann ist da noch Angelique.

Meine Exerzfeindin, Einhornprinzessin und bekennende Pink-Liebhaberin ist zwar eine ziemliche Tussi, aber das hat sie trotzdem nicht davon abgehalten, sich regelmäßig mit Heiko Niemand zu treffen, dem Sohn des neuen Hausmeisters, der ein bisschen aussieht wie Dracula junior und total auf Fantasyfilme steht. Seit über fünf Monaten treffen sich die beiden nun, turteln in der Schulkantine rum und nutzen jede Gelegenheit, allen zu zeigen, wie verknallt sie ineinander sind.

»Hirnverbranntes Liebespärchen auf zehn Uhr«, murmelt Ernst und lässt den Kopf sinken, bis er mit der Nasenspitze fast den Kartoffelbrei berührt. »Schnell, duck dich, Chloé, sonst kommen sie her. Und ich hab keine Lust auf das Gesülze, da kommt mir der Nachtisch wieder hoch.«

Ich verdrehe die Augen. »Aber du hattest doch noch gar keinen Nachtisch.«

»Ich meine ja auch den von gestern.« Ernst gibt ein würgendes Geräusch von sich. »Mist. Zu spät. Sie kommen her. Du meine Güte! Chloé, bitte übergieß mich mit eiskaltem Wasser, sollte ich jemals zu einem elenden liebeskranken Hündchen mutieren wie unser Fantasyprinz Heikomir –«

»Oh, hallo, ihr beiden«, sage ich. Angelique und Heiko waren vor unserem Tisch angelangt und ich verpasste Ernst einen Stoß, woraufhin er augenblicklich verstummte.

Heikomir grinst. »Hi, Chloé, hallo, Ernst. Habt ihr noch ein Plätzchen für *Angeliquomir* frei?«

Ernst gibt ein neuerliches Würgen von sich, und diesmal kann ich ihn tatsächlich verstehen. Die beiden sind sogar so ineinander verknallt, dass sie sich einen gemeinsamen Namen verpasst haben – eine Mischung aus Angelique und Heikomir. Fast so, als wären die beiden zu einer einzigen Person verschmolzen.

Gruselig.

»*Ein* Plätzchen? Teilt ihr euch jetzt nicht nur einen Namen, sondern auch noch einen Stuhl, oder was?«, brummt Ernst zurück.

Angelique wirft mir einen verwirrten Blick zu und schnappt sich den Stuhl neben mir. »Was ist denn mit Ernst los? Der macht ja ein Gesicht, als wäre sein YouTube-Account gehackt worden.«

»Meinem YouTube-Account geht es bestens«, knurrt Ernst. »Dreißig neue Fans in einer Woche, seit ich das Video vom neuen Jungsklo gepostet habe. Und fünfzig neue Anmeldungen fürs neue Schuljahr, hat mir Frau Hohl-Kopp verraten.« Er zwinkert uns zu. »Ausschließlich Jungs.«

Okay. Das wundert mich nicht im Geringsten. Das neue Jungsklo, das von unserem Direktor Oberhauser, den wir alle nur Oberhäusl nennen, letztes Jahr vor Weihnachten eröffnet wurde, ist wirklich gigantisch und steht unserem luxuriösen Mädchenklo in nichts nach. Es ist vollgestopft mit Dingen, die Jungs mögen – vom Comic-Klopapier über Dartscheiben und Lautsprecher an den Wänden bis zur integrierten Playstation. Es ist sogar so beliebt, dass die Jungs gelegentlich aufs Essen verzichten und stattdessen die Mittagspause im Jungsklo verbringen.

»Hallo, Leute.« Jetzt quetschen sich auch noch Pauline, Katja und Melanie zu uns an den Tisch und unsere Clique ist komplett. Während Katja ihren Schokoladenkuchen futtert und Melanie während des Essens in ihrem Mathebuch liest, hat Pauline wieder mal nur Augen für Ernst. Jetzt im Frühling scheint es, als hätte sich ihre Verliebtheit verdreifacht.

»Leute, habt ihr schon die Neuigkeit des Tages gehört?«, erzählt sie. »Die aus der Abschlussklasse haben sich gerade auf dem Klo darüber unterhalten, dass Oberhäusl heute früh die Englisch-Kümmel eingeladen hat, mit ihm zum Yogakurs zu gehen. Denkt ihr gerade an dasselbe wie ich?«

»Du meinst, die Englisch-Kümmel in Leggings? Wie sie sich die Gliedmaßen verrenkt und dabei aussieht wie eine fette Schildkröte, die auf dem Rücken liegt und nicht mehr aufstehen kann?« Ernst schüttelt sich vor Ekel und schiebt seinen Teller weg. »Vielen Dank, Pauline, jetzt hast du mir endgültig den Appetit verdorben.«

Pauline gibt ihm einen freundschaftlichen Klaps auf den Rücken. »Nicht doch. Ich meinte, dass er womöglich ein Auge auf sie geworfen hat. Nachdem letztes Jahr das Gerücht die Runde gemacht hat, Frau Kümmel sei in unseren Mathelehrer Herrn Klaus verliebt, weiß der Direktor, dass die Kümmel keinen festen Freund hat.«

»Pauline«, stöhnt Ernst und vergräbt den Kopf in den Händen. »Nicht noch mehr gruselige Frühlingsgefühle. Dieses Rumgeturtle zwischen Prinz Heikomir und seiner Elfenkönigin hier ist schon mehr, als mein Magen ertragen kann.«

Heikomir macht ein säuerliches Gesicht. »Zum hundertsten Mal, es heißt Elbenkönigin. In *Herr der Ringe* kommen keine Elfen vor!«

»Aber …« Auch Pauline sieht plötzlich nicht mehr sehr glücklich aus. Im Gegenteil, sie macht ein Gesicht, als hätte Ernst ihr das Herz aus der Brust gerissen. »Was soll das denn heißen, Ernst? Meine Mama sagt immer, die Liebe ist das größte Glück auf Erden. Wie kann man sich denn nicht darüber freuen, dass der Direktor verliebt ist?«

»Also meine Mama sagt immer, Liebe macht blind, aber wer verheiratet ist, kann plötzlich wieder sehen«, erklärt Ernst. »Und deshalb werde ich mich niemals verlieben und auch niemals heiraten. Ernst den YouTube-King interessieren keine Mädchen. Und damit –«

Ernst braucht gar nicht weiterzusprechen. In diesem Moment schiebt Pauline geräuschvoll ihren Stuhl beiseite, schnappt sich ihr Tablett und verlässt den Tisch. Ich sehe ihr nach und für einen Moment will ich Ernst einfach nur eine Ohrfeige verpassen, dafür, dass er manchmal so ein unsensibler Depp ist. Er hat natürlich nicht die geringste Ahnung, wie sehr ihn Pauline mag.

»Was ist denn mit der los? Hat die schlecht geschlafen? Oder ist ihr Lieblings-Disney-Shirt aus der Altkleidersammlung eingelaufen?«, fragt Ernst in Angeliquomirs Richtung, aber auch die beiden wirken verärgert. Sie nehmen ihre Tabletts und verlassen wortlos den Tisch. Selbst Katja und Melanie schütteln den Kopf, leeren ihre Saftgläser und machen sich auf den Weg zurück in die Klasse.

Nur Ernst und ich bleiben zurück.

»Sind heute alle durchgeknallt?«, will Ernst von mir wissen.

»Du bist echt ein unsensibler Idiot!«, schimpfe ich, stehe auf und sehe mich nach Pauline um.

»Und wennschon«, murmelt Ernst. Er nimmt seine Baseballkappe ab und sieht plötzlich ein bisschen hilflos aus mit den verstrubbelten blonden Haaren und dem verunsicherten Blick. »Dann gehe ich eben dahin, wo Männer noch Männer sein dürfen. Und zwar aufs Jungsklo. Ich muss ohnehin aufs stille Örtchen, und da kann ich nebenbei auch noch Pauls Rekord bei *Gran Turismo* knacken. Ohne euch blöde Mädchen.«

»So, enough is enough! Mir reicht's langsam mit dieser elenden Klasse hier«, knurrt die Englisch-Kümmel. Als ob die Stimmung in unserem Freundeskreis nicht schon schlecht genug wäre, steht unmittelbar nach der Mittagspause auch noch Englisch auf dem Stundenplan. »Es hat vor zehn Minuten geläutet und es sind nur zwei Jungs hier. Wo steckt der Rest von euch?«

Ernst hebt die Hand. »Tut mir leid, dass wir Ihnen auf den Wecker –«

»In English please!«

Ernst seufzt. »I'm sorry, that we go you on the alarm clock. But the boys are still on the Jungsklo.«

Die Kümmel wirkt empört. Und das liegt ganz sicher nicht nur an Ernsts miesem Englisch – wie es aussieht, hat sie auch fünf Monate nach der Fertigstellung des Jungsklos immer noch nicht kapiert, dass die Jungs ständig zu spät kommen, weil sie vor lauter Begeisterung für die Toilette jedes Mal die Schulglocke überhören.

»Are you kidding me? Machst du Witze?«, herrscht sie Ernst an.

»See I so out?«, antwortet Ernst.

Die Klasse kichert.

»I'm sorry, that Ernst has one on the waffle«, melde ich mich zu Wort und muss schmunzeln. »He is a funbird and his English is under all pig.«

Die Klasse kichert noch lauter, während Ernst und ich eine Gettofaust tauschen.

»Genug, Ernst und Chloé!«, schimpft die Kümmel. »Bevor ich noch mehr von eurem schlechten Englisch ertragen muss, verschwindet Ernst jetzt besser mal aufs Jungsklo und holt die Bande.«

Missmutig steht Ernst auf. »Older Swede. Must that be?«

»Und wenn du den Direktor siehst, sag ihm, dass nur wegen seines blöden Jungsklos die Hälfte meiner Schülerschaft im Unterricht fehlt.« Wütend ballt sie die Fäuste, während Ernst aus dem Klassenraum schlüpft und im selben Moment ausgerechnet Direktor Oberhäusl höchstpersönlich die Klasse betritt.

»Wenn dieser nichtsnutzige, yogabesessene, kloverliebte –«

»Guten Tag, liebe Schüler!«, verkündet der Direktor und stellt sich neben die Kümmel.

Vor lauter Schreck macht die Kümmel einen Satz. »Herr Direktor … ich hab Sie gar nicht reinkommen sehen«, stottert sie und wirkt leichenblass. »Wenn ich das gewusst hätte, dann –«

»Dont't worry. Everything is in butter«, sagt der Direktor und lächelt die Kümmel friedvoll an. »Ich habe nur eine kurze Mitteilung zu machen.«

Pauline wirft mir einen amüsierten Blick zu und ich glaube zu wissen, was sie mir damit sagen will. Vermutlich ist an dem Gerücht, das die Abschlussklasse verbreitet hat, doch etwas Wahres dran. Der Oberhäusl ist zwar auch sonst immer ein richtig netter Kerl, aber dass er auch noch ruhig und gelassen bleibt, wenn die Kümmel über ihn lästert, ist neu. Entweder der Direktor hat heute zu viel Entspannungstee getrunken oder … oder er hat wirklich etwas für unsere Englischhexe übrig.

»Wie ihr wisst, erfreut sich unser Jungsklo großer Beliebtheit«, beginnt der Direktor und sieht in die Runde.

»Yeah, unser Schulklo rockt!«, grölt Paul, der gerade gemeinsam mit den anderen Jungs die Klasse betritt. »Und 'tschuldigung für die Verspätung, Herr Direktor. Das Jungsklo ist einfach der Hammer! Der Tischfußballtisch ist einsame Spitze!«

»Merken Sie, was Sie da machen? Sie verleiten die Jungs zum Schwänzen mit Ihrem dämlichen Klospielplatz«, mischt sich die Kümmel ein und verschränkt böse die Arme. »Sie sollten das Schulklo schließen. Oder in ein stinknormales Klo umbauen lassen, mein lieber Herr Direktor Oberhauser. Dann habe ich endlich keine Anwesenheitsprobleme mehr.«

»Was?«, ruft Jonas entsetzt und lässt sich auf seinen Platz fallen. »Nicht doch! Seit es das neue Jungsklo gibt, freue ich mich jeden Tag auf die Schule. Meine Mum muss mich gar nicht mehr aus dem Bett prügeln, ich stehe sogar freiwillig auf.«

»Sehen Sie?« Direktor Oberhäusl zwinkert die Kümmel durch seine rahmenlose Brille an. »Vielleicht ist mein Schulklo doch gar nicht so schlecht, Frau Kümmel. Und deshalb habe ich auch eine kleine Überraschung für euch alle.«

»Eine Überraschung?«, tönt es aus den Reihen. Alle Jungs haben inzwischen Platz genommen und starren den Direktor mit großen Augen an.

»Etwa ein zweites Jungsklo?«, will Ernst wissen. »Jetzt, wo wir so viele Anmeldungen für das Notburga-von-Sorgenfrey-Gymnasium haben?«

»Ja!«, ruft Paul. »Manchmal bilden sich vor den Kabinen sogar Schlangen, weil es zu wenige Schüsseln gibt.«

»Aber nur, weil die Sitzungen neuerdings drei Mal so lange dauern, weil jeder auf dem Klo mit der Playstation spielt, die in der Wand gegenüber installiert ist«, mische ich mich ein.

»Quatsch. Wir brauchen trotzdem ein zweites Klo«, fällt mir Heinz ins Wort. »Eins mit integriertem Chemielabor, Büchern, Lexika und großen Tischen zum Hausübung-Schreiben.«

»Das hättest du wohl gerne, du Streber!«, ruft Paul und lacht. »Das zweite Jungsklo wird ein Sportklo. Mit Indoor-Fußballplatz. Schwimmbecken, Springturm –«

»Please!«, unterbricht ihn die Kümmel und sieht flehend zum Direktor. »Bitte sagen Sie mir, dass Sie kein zweites Jungsklo planen. Ich habe nur noch fünf Jahre bis zur Rente, das ertrage ich nicht!«

»Nein, nein.« Der Direktor schüttelt entschieden den Kopf. »Die Neuigkeit hat zwar mit dem Jungsklo zu tun, aber ich habe mit Sicherheit nicht vor, ein zweites –«

»Wartet mal! Ich weiß es! Wir bekommen ein eigenes Klohaustier«, fällt Ernst jetzt ein und er klatscht begeistert in die Hände.

»Zieht Giovanni jetzt etwa aufs Jungsklo?«, fragt Heinz.

»Also wirklich, auf diese Fellratte Giovanni können wir verzichten«, widerspricht Ernst. »Der ist eine ziemliche Memme, ist beim Essen pingelig, hält sich für eine Prinzessin und zickt die meiste Zeit rum. Der passt viel besser zu den Mädchen.« Er steht auf und ballt die Faust. »Wir brauchen unser *eigenes* Klotier. Und zwar ein *männliches* Klotier.«

»Einen Schäferhund!«, schlägt Ernst vor.

»Einen Puma!«, ruft Jonas.

»Einen Minotaurus!«, schreit Heikomir.

»Einen was?«, fragt Ernst.

Heikomir wird rot bis an die Haarwurzeln. »Ups, das ist ja ein Fabelwesen. Ich meinte, äh … ein Puma ist schon ganz in Ordnung, glaube ich.«

»Jungs, Jungs«, beruhigt der Direktor sie. »Ich kann mir ganz bestimmt kein zweites Haustier zulegen. Ich muss das Tier ja immerhin abends zu mir nach Hause mitnehmen. Und ich habe zu wenig Platz für einen Schäferhund, einen Puma … oder einen Minotaurus.« Er runzelt die Stirn. »Was ist das noch mal?«

Heikomir lächelt schief. »Ein Wesen mit menschlichem Körper und Stierkopf.«

Der Direktor sieht verblüfft aus. »Oh. Na dann erst recht nicht. Außerdem glaube ich kaum, dass man so was im Tierheim findet.«

»Aber was dann?«, will Ernst wissen und sieht etwas enttäuscht aus. »Wenn es kein zweites Klo gibt und kein Klohaustier, was ist denn dann die Überraschung?«

»Eine Klo-Eröffnungsfeier!«, offenbart der Direktor schließlich. »Wir haben seit fünf Monaten ein neues Jungsklo und es noch gar nicht richtig eingeweiht.«

Jonas hebt den Kopf. »Also ich habe es schon des Öfteren eingeweiht. Zweimal am Tag, um genau zu sein.«

»Vielen Dank, Jonas, so genau wollten wir das gar nicht wissen«, erwidert der Direktor und verzieht angeekelt das Gesicht. »Ich meinte eine *richtige* Eröffnungsfeier. Inklusive Musik, Leckereien und einer Menge prominenter Gäste. Eine Party! Ist das denn etwa nichts für euch?«

Etwas zögerlich beginnen die Jungs zu nicken. »Das klingt gut. Häppchen, Musik und eine ausgelassene Stimmung am Jungsklo«, überlegt Ernst vor sich hin. »Und vor allem keine Mädchen.«

»Wie bitte?« Heikomir bleibt der Mund offen stehen.

»Aber was ist dann mit Angelique? Ich gehe auf keine Party ohne meine Elbenkönigin.«

Angelique wirft ihm über die Bankreihen hinweg einen schmachtenden Blick zu. »Heiko, du bist der süßeste Junge auf der Welt.«

»Du auch«, säuselt Heikomir. »Ich … äh … meinte natürlich, du bist das süßeste *Mädchen* auf der Welt.«

Wie auf Knopfdruck ertönt ein genervtes Raunen in der Klasse. Offenbar ist dieses schmalzige Gerede nicht nur für Ernst eine echte Geduldsprobe.

»Nicht doch, nicht doch!«, mischt sich der Direktor ein. »Wer hat denn behauptet, dass wir zu der Einweihungsfeier keine Mädchen einladen werden?«

»Ähm … weil es ein Jungsklo ist?«, sagt Ernst, als wäre es die logischste Sache auf der Welt.

»Na und?« Der Direktor sieht aus, als duldete er bei diesem Thema keine Widerrede. »Natürlich laden wir Mädchen ein. Sonst müsste ja auch Frau Kümmel zu Hause bleiben.« Er macht einen Schritt auf sie zu. »Oder darf ich Sie Lieselotte nennen, verehrte Kollegin?«

»Für Sie immer noch Frau Kümmel!« Die Englischhexe rümpft die Nase und geht auf Abstand. »Und seien Sie versichert, Herr Direktor, ich bleibe gern zu Hause, backe einen Kuchen und gucke mir ein paar Seifenopern an.«

»Das kommt gar nicht infrage. Die Eröffnungsfeier fällt unter Lehrerarbeitszeit«, entgegnet der Direktor und hält der Kümmel seine Hand entgegen. »Ich würde mich freuen, wenn Sie mich auf die Feier begleiten würden, liebste Lieselotte … äh … Frau Kümmel.«

»Uuuhuuuuuuuuh!«, macht die Klasse und kichert.

Doch die Englisch-Kümmel verzieht nicht mal eine Miene. Nur die Warze auf ihrer Nase wackelt ganz merkwürdig, als wäre sie kurz davor, aus der Haut zu fahren. »Erst mit einem bescheuerten Schulklo dafür sorgen, dass meine Schüler den Englischunterricht schwänzen, und jetzt auch noch die Lehrerarbeitszeit in den Abend ausdehnen? Das könnte Ihnen so passen. Herr Direktor!« Verärgert greift sie nach ihrer Tasche und stapft in ihren altmodischen Tretern zur Tür. »Wenn ich abends arbeiten soll, dann können Sie ja stattdessen für mich den Englischunterricht übernehmen. Guten Tag.«

»Have a nice day, Miss Kümmel«, erklärt Ernst zufrieden, als die Kümmel die Tür hinter ihrem Rücken zuknallt. Dann zwinkert er Herrn Oberhäusl zu. »Und Herr Direktor, nehmen Sie es ihr nicht übel. Mit den meisten Mädels ist nun mal nicht gut cherry eating.«

# EnzyKLOpädie

Kloweisheit #14:

Öffentliche Toiletten gelten gemeinhin als nicht ganz so sauber. Doch es gibt Unterschiede. Laut Mikrobiologen der Universität Arizona sollte man stets die erste Toilette wählen.
Der Grund: Die Kabine am Eingang werde am wenigsten benutzt und sei deswegen normalerweise die sauberste.

* Bevor ihr euch wundert – meine EnzyKLOpädie-Einträge 1–13 könnt ihr in »Chloé völlig von der Rolle – Band 1« und »Chloé und der Sprung in der Schüssel – Band 2« nachlesen!

# Eine Eröffnungsfeier mit Folgen

Wenn ich auf etwas noch weniger Lust habe als auf Verliebtsein, dann ja wohl auf Liebeskummer. Denn wenn man sich ansieht, mit welcher Miene Liebeskummerkranke so durch die Schule laufen, könnte man glauben, sie hätten lebenslangen Hausarrest aufs Auge gedrückt bekommen, ihr Hamster wäre gestorben oder sie hätten gerade eine unangekündigte Mathearbeit schreiben müssen – zumindest trifft diese Beschreibung auf Pauline zu, denn die hat seit Tagen schon richtig miese Laune – und das nur wegen Ernsts blöder Aussage neulich in der Cafeteria.

»Ich habe keine Ahnung, warum wir überhaupt hier sind. Ich habe nicht die geringste Lust auf eine Party«, jammert sie, als wir das festlich dekorierte Jungsklo betreten. Weil meine Eltern heute arbeiten, haben mich Paulines Mutter und Angeliques Vater auf die Eröffnungsfeier

mitgenommen. Davor hat Angelique auch noch darauf bestanden, mich für die Party zu stylen.

»Ich habe ehrlich gesagt auch keine große Lust«, gebe ich zu und blicke an mir hinab. »Immerhin sehe ich aus wie eine Kreuzung zwischen einer Primaballerina und Tinkerbell.«

Trotz ihrer schlechten Laune schaffe ich es, Pauline ein Lächeln abzuringen. Angelique hat mich zuerst in rosafarbene Klamotten stecken wollen, doch ich habe mich gewehrt und letztendlich haben wir uns auf Grün geeinigt. Nun trage ich ein grünes Tutu, ein funkelndes Oberteil und meine Haare zum Zopf, in den Angelique eine ganze Dose Glitzerspray eingearbeitet hat. Zu gerne hätte ich mich umgezogen, doch ich wollte nicht riskieren, dass Angelique sauer wird. Also habe ich mich bedankt und schleunigst das Weite gesucht, bevor sie auf die Idee kommen konnte, mich auch noch zu schminken.

»Ist das nicht *kollostastisch* hier?«, begrüßt uns Katja und sieht sich um. Ihre lustigen Wortkreationen sind längst bekannt und so wundere ich mich gar nicht mehr über ihre neue schräge Kombination aus kolossal und fantastisch. »Seht mal dort drüben. Der Direktor hat sogar eine Band angeheuert.«

Auch wenn ich aussehe wie beim Kinderfasching, ein bisschen Begeisterung für diese Party keimt nun doch in mir auf. Direktor Oberhäusl hat hier weder Kosten noch Mühen gescheut, also beschließe ich, mir die Feier nicht von meinem Outfit oder Paulines Dauerfrust verderben zu lassen. Immerhin gibt es direkt beim Jungskloausgang tatsächlich eine coole Band mit einem Saxofonisten und einem Keyboardspieler, die einen Song nach dem anderen zum Besten gibt. Daneben erstreckt sich ein meterlanges Büfett mit Köstlichkeiten aller Art.

»Mann, Chloé, die Party ist die totale Katastrophe.« Quer durch die Menschenmenge arbeitet sich Ernst zu mir, Pauline und Katja durch. »Es ist furchtbar, mein heiliges Jungsklo mit all den Menschen hier teilen zu müssen. Drei Väter haben mich schon aus der Playstation-Highscore gekickt und ein anderer hat das ganze Rätselklopapier ausgefüllt.« Er brummt. »Und wenn man mal wirklich aufs stille Örtchen muss, muss man wieder auf die elenden Mobiltoiletten unten im Hof gehen.«

»Na, ist ja nur für heute, Ernst«, muntere ich ihn auf. Weil eine Party am Jungsklo natürlich nicht so toll wäre, wenn die Toiletten tatsächlich benutzt werden würden, hat der Direktor im Schulhof reihenweise Mobiltoiletten aufbauen lassen, genau wie damals, als das Jungsklo noch eine Baustelle war.

»Ich weiß. Trotzdem. Ich hasse Mobiltoiletten. Sie stinken und sie sind total ungemütlich.« Er beugt sich etwas näher heran. »Ich wollte ja eben heimlich auf euer Mädchenklo gehen, aber stellt euch vor, das ist heute ebenfalls außer Betrieb.«

»Was?«, rufen Katja, Pauline und ich gleichzeitig. Etwas in mir befürchtet ein neues Klofiasko, so wie damals, als Angeliques Mutter einen Feuerwerkskörper in eine der Kloschüsseln geworfen hatte und unser Mädchenklo für längere Zeit gesperrt war. »Was ist denn passiert?«

»Das ist es ja. Rein gar nichts«, klärt Ernst uns auf. »An der Tür hängt bloß ein Schild, auf dem steht:

**MÄDCHENKLO AUSSER BETRIEB.**
**BITTE FÜR DEN HEUTIGEN ABEND**
**DIE AUSSENTOILETTEN BENUTZEN.**

**MIT FREUNDLICHEN GRÜSSEN**
**DER DIREKTOR**

Ich glaube ihm kein Wort.

»Das muss ich sehen«, erkläre ich und schiebe mich durch die Menschenmenge, bis das dichte Gedränge schließlich weniger wird und ich die Tür des Mädchenklos erreiche. Und tatsächlich hängt dort das Schild, von dem Ernst gesprochen hat.

In mir zieht sich alles zusammen. Zu frisch sind noch die Erinnerungen an das, was Ende letzten Jahres auf der Mädchentoilette passiert ist. Überflutungen, Verwüstungen und in die Luft gesprengte Kloschüsseln waren nur einige der Überraschungen, die uns erwartet hatten.

Auch wenn Angeliques Mutter alias die Sumpfhexe inzwischen aufgeflogen ist und die Schule kaum mehr betritt … wer sagt, dass nicht jemand Neues dahintersteckt, der uns unser schönes Mädchenklo nicht gönnt?

Verstohlen blicke ich mich um, und als niemand herschaut, nehme ich die Türschnalle in die Hand und erwarte halb, dass die Tür verschlossen ist. Doch die Mädchentoilette ist tatsächlich unversperrt. In diesem Moment schlüpft auch Giovanni durch die Katzentür in den Vorraum der Toilette. Wie es aussieht, juckt den Perserkater das Verbot auch nicht die Bohne.

Langsam folge ich Giovanni in den Vorraum der Mädchentoilette. Hier befindet sich nicht nur unser bequemes Sofa, auf dem wir gerne Hausübungen schreiben (oder abschreiben), hier gibt es auch einen Kaugummiautomaten, verschiedene Duftseifen und einige Aquarien mit wunderschönen Fischen darin.

Und das Beste daran: Alles scheint in bester Ordnung zu sein. Die Fliesen glänzen, der Spiegel ist frisch poliert, die Fenster sind geputzt, die Spülung funktioniert –

Moment mal. Wie vom Donner gerührt erstarre ich, mitten vor den Kabinen. Träume ich oder habe ich eben eine Toilettenspülung gehört? Vorsichtig schleiche ich zu der Kabine, aus der ich das Geräusch vermute. Die Tür ist angelehnt.

Kann es sein, dass ich hier nicht alleine bin?

»Hallo?«, frage ich, doch in diesem Moment wird meine Stimme von einem neuerlichen Spülgeräusch übertönt.

Ich bekomme eine Gänsehaut. Wer um alles in der Welt ist denn hier?

»Hallo?«, versuche ich es etwas lauter und stoße dabei die fragliche Kabinentür auf, hinter der ich den Eindringling vermute. Dabei bleibt mir fast das Herz stehen.

Vor mir steht ein Junge. Oder zumindest der Schatten eines Jungen, denn in der dunklen Kabine kann ich mein Gegenüber nicht so gut erkennen. Und zum Glück ist der Junge nicht gerade dabei, das Klo zu benutzen, sondern steht bloß neben der Porzellanschüssel, hält einen Stift in der Hand und macht sich aufmerksam Notizen.

Hä? Führt er etwa Buch darüber, wie viel Wasser durchs Klo fließt? Oder in welche Richtung es sich dreht?

»Huch!« Als er mich sieht, macht er einen Satz zur Seite und lässt den Stift fallen. »Hast du mich erschreckt!«

»Also echt, du hast ja wohl *mich* erschreckt«, knurre ich. »Darf ich fragen, was du hier machst? Erstens ist das ein Mädchenklo und zweitens ist es gesperrt.« Etwas verärgert füge ich hinzu: »Aus welchem Grund auch immer.«

Verlegen senkt der Junge den Kopf und tritt aus der Kabine. Dann blickt er mir direkt in die Augen. »Aber doch nur auf den Beschluss des Direktors! Weil es ungerecht wäre, die männlichen Gäste auf die Mobiltoiletten zu schicken und die weiblichen Gäste dieses Luxusklo hier besuchen zu lassen. Auf dieser Party herrscht gleiches Toilettenrecht für alle. Das hat mir der Oberhauser persönlich verraten.«

»Ach, so ist das«, murmle ich und bin erleichtert, dass unser Klo bloß aus Gründen der Gleichberechtigung gesperrt wurde. Offenbar ist die Toilette wirklich in tadellosem Zustand. »Und warum bist du dann hier und nicht auf den Mobiltoiletten? Und was hast du da eben in dein Notizbuch geschrieben?«

Der Junge beißt sich auf die Unterlippe. »Lange Geschichte. Aber wenn du Zeit hast, verrate ich sie dir. Dafür verpetzt du mich nicht. Abgemacht?«

Wie von Sinnen starre ich den Jungen an. Jetzt, wo er im warmen Licht des Kronleuchters steht, der von der Decke hängt, fallen mir seine dichten blonden Locken und seine hellblauen Augen auf. Dazu die Grübchen, die sich bilden, wenn er lächelt, so wie jetzt. Und das kleine niedliche Muttermal auf seiner Nase.

Das ist, ohne Zweifel, der hübscheste Junge, der mir je begegnet ist.

»Ähm«, entfährt es mir, während ich weiterhin fasziniert in sein ebenmäßiges Gesicht starre. Der Junge scheint auf eine Antwort zu warten, auch wenn ich ganz vergessen habe, wie die Frage lautete.

»Abgemacht?«, wiederholt er. Er lächelt zwar immer noch, wirkt aber zusehends unsicherer.

»Abgemacht«, sage ich schnell und lasse mich auf das Klosofa plumpsen. Meine Knie haben sich in Butter verwandelt und ich fühle mich so wie neulich, als mich die Englisch-Kümmel urplötzlich an die Tafel geholt hat, um Vokabeln zu übersetzen.

»Na gut«, sagt der Junge und lächelt wieder sein Grübchenlächeln. Ganz ohne Vorwarnung setzt er sich neben mich und kommt mir dabei so nahe, dass sich unsere Unterarme berühren. »Ich bin gerade dabei, euer Mädchenklo zu erforschen. Wusstest du, dass die Toiletten hier nicht nur eine integrierte Sitzheizung besitzen, sondern auch Selbstreinigung, Energiesparvorrichtung, eine automatische Spülung und ein LED-Bedienfeld zur Steuerung aller WC-Funktionen?« Er deutete in die Kabine, in der er vorher gestanden hatte. »Die Dinger hier sind die Ferraris unter den Toiletten.«

Ich muss schlucken. Dieser Junge sieht nicht nur umwerfend aus, er scheint auch noch ein Experte auf dem Gebiet der stillen Örtchen zu sein. »Oh. Das wusste ich gar nicht, dass unsere Toiletten so modern sind. Wie … wie kommt es, dass du dich so dafür interessierst?«, frage ich und kann nicht aufhören, ihn anzustarren. Um den Hals trägt er ein schwarzes Band aus Leder, an dem zwei silberne Anhänger baumeln, die ich aber nicht genau sehen kann, weil sein Shirt sie fast verdeckt.

Jetzt lacht der Junge und zeigt eine Reihe strahlend weißer Zähne. »Ich dachte, ausgerechnet du müsstest für mein Hobby doch Verständnis haben. Immerhin kennst du dich mit Toiletten aus wie kein anderer. Nicht wahr, Chloé?«

Beim Klang meines Namens zucke ich zusammen. Nicht nur, weil er wie durch Magie meinen Namen kennt, sondern weil sich mein Name aus seinem Mund sanft und melodisch anhört, beinahe wie Musik. Ich glaube, ich könnte ihm stundenlang dabei zuhören, wie er meinen Namen sagt.

»Ich bin übrigens Waldemar«, stellt er sich vor. »Und bevor du mich jetzt für einen irren Verfolger hältst, weil ich deinen Namen kenne – ich gehe hier in die neunte Klasse und bin letztes Jahr bei einer deiner Kloführungen auf dem Herbstfest dabei gewesen. Daher kenne ich dich. Aber wir haben noch nie miteinander gesprochen.«

»Sicher nicht. Daran könnte ich mich erinnern«, rutscht es mir raus und ich werde augenblicklich rot.

Waldemar grinst. »Jedenfalls ist mir schon damals aufgefallen, dass du dich ziemlich gut mit stillen Örtchen auskennst. Sind deine Eltern etwa auch im Toilettenbusiness?«

Jetzt muss ich schallend lachen. Toilettenbusiness. Meine Eltern schaffen es noch nicht mal, eine verstopfte Toilette zu reparieren, ohne den Kerl vom Sanitärgeschäft kommen zu lassen. Ich bin die einzige und alleinige Expertin zu diesem Thema in unserer Familie.

»Nein. Ich … ähm … weiß bloß so viel über dieses Thema, weil ich am Welttoilettentag Geburtstag habe. Und weil Ernst lange Zeit felsenfest behauptet hat, der Name Chloé sei griechisch und bedeute so viel wie *die auf dem Klo Geborene*, was natürlich völliger Quatsch ist«, plappere ich drauflos und ärgere mich im nächsten Moment über den Redeschwall, der unkontrolliert aus mir herausbricht, so wie immer, wenn ich nervös bin.

Doch Waldemar sieht mir tief in die Augen, als sauge er jedes meiner Worte auf. »Also ich habe zwar nicht am Welttoilettentag Geburtstag, aber mein Vater ist der größte Mobiltoilettenhersteller des Landes. Erik Carlssons Mobiltoiletten. Du hast unseren Lieferwagen sicher schon öfter im Hof parken sehen.«

»Die Mobiltoiletten da unten stammen von deinem Vater?«, frage ich und deute aus dem Fenster, das zum Hof hin liegt. »Gut, dass Ernst nicht hier ist. Er hasst Mobiltoiletten bis aufs Blut. Wenn er wüsste, dass du sie geliefert hast, würde er bestimmt ein fieses YouTube-Video über dich machen. Er kann ziemlich gemein sein.«

»Nun ja, Mobiltoiletten haben eben nicht den besten Ruf.« Waldemar hebt die Schultern. »Aber Carlssons Klos sind bei Weitem besser als die der Konkurrenz, das kann ich dir versichern. Außerdem soll ich nach der Schule mal den Betrieb übernehmen. Deshalb hat mich Paps auch aufs Mädchenklo geschickt. Ich sollte nachsehen, was es in der Klobranche so für Neuerungen gibt.« Er sieht sich interessiert um. »Vielleicht können wir das eine oder andere Feature von hier ja in unsere Mobiltoiletten einbauen.«

»Machst du etwa Betriebsspionage?«, rutscht es mir heraus. »Das würde Ernst jedenfalls dazu sagen.«

»Quatsch. Ich bin doch kein Spion.« Waldemar kratzt sich verlegen im Nacken. »Na gut, ein bisschen Spionage ist vielleicht dabei.«

»Schon okay.« Ich kann nicht anders, als ihn anzugrinsen. Vermutlich ist mir das Lächeln schon festgewachsen und man muss es mir operativ aus dem Gesicht entfernen.

Doch Waldemar scheint das nicht zu stören. »Tja. Jetzt habe ich dir jedenfalls verraten, warum ich genauso viel wie du über Klos weiß. Und nicht zuletzt liegt es natürlich auch an meinem schrägen Namen –«

»Also so schlimm ist der Name Waldemar doch gar nicht«, falle ich ihm ins Wort und finde es irgendwie niedlich, dass ihm sein Vorname peinlich ist. »Na ja, vielleicht etwas altmodisch und sonderbar, aber …«

»Hey!« Waldemar sieht mich gespielt verärgert an und beginnt, an seiner geheimnisvollen Halskette herumzufummeln. »Mein Vorname ist total cool! Auf den bin ich echt stolz, so hieß immerhin auch mein Großvater. Ich meinte meine sonderbaren Initialen.«

Es trifft mich wie der Schlag einer Abrissbirne, als Waldemar die beiden silbernen Anhänger hervorzaubert, die bisher unter seinem Shirt verborgen waren. An der Kette hängen zwei Buchstaben. Seine Initialen.

*W.C.*

»Oh.« Jetzt kann ich nicht anders, ich beginne plötzlich lauthals zu lachen. »Ach so, *das* meintest du. Waldemar Carlsson.«

»Ziemlich grausam, oder?« Waldemar lässt sich in die Kissen des Sofas fallen und lacht genauso herzhaft mit. »Ich glaube, meine Eltern haben einfach nicht nachgedacht. Somit ist mir mein Beruf schon in die Wiege gelegt worden.«

»Solche Fälle kenne ich auch. Mein Zahnarzt heißt nämlich Dr. Bohrmann.«

»Uh.« Waldemar hebt die Augenbrauen. »Und der Friseur bei uns ums Eck heißt Friseurstudio Kahl.«

Wir kichern über die dummen Namen und das Pech, das man haben kann, sodass uns gar nicht weiter auffällt, wie schnell die Zeit verrinnt. Erst als Waldemar einen Blick auf seine Uhr wirft, wird er wieder ernst.

»Mist. Es ist schon acht! Die Eröffnungsfeier ist in einer Stunde zu Ende und ich muss Paps helfen, die Klos wieder auf den Anhänger zu laden«, erklärt er und steht auf. »Wir sehen uns sicher demnächst hier in der Schule, Chloé.«

»Denkst du? Aber ich habe dich noch nie hier gesehen«, widerspreche ich. Auf einmal will ich nicht, dass Waldemar geht. Es war gerade so witzig und ich habe keine Lust, auf die Party zurückzukehren.

»Vielleicht bin ich dir ja nur noch nicht aufgefallen.« Waldemar zwinkert mir zu, dann hält er mir sein Notizbuch hin. »Gib mir doch deine Handynummer. Dann können wir uns verabreden. An einem etwas geeigneteren Ort als dem Mädchenklo.«

Ich kann kaum glauben, was ich da höre. »Also jetzt mal halblang«, sage ich mit gespielter Entrüstung. »Welcher Ort ist besser, um stundenlang zu quatschen, als eine supergemütliche Luxustoilette? Inklusive Kaugummiautomat?«

Waldemars blaue Augen blitzen amüsiert. »Natürlich keiner. War nur ein Test. Wollte nur sehen, wie du reagierst.«

Dann wirft er mir noch einen letzten Blick zu, winkt, verschwindet in den Flur und lässt mich alleine zurück.

Als Waldemar weg ist und ich alleine bin, ist es plötzlich ungewohnt leise und leer im Schulklo. Ich fühle, wie mich die Stille beinahe erdrückt, doch dann höre ich ein scharrendes Geräusch. Kurz darauf tapst Giovanni aus seinem prunkvollen Katzenklo. Mit schief gelegtem Kopf sieht er mich an, als hätte er die gesamte Unterhaltung zwischen Waldemar und mir mitbekommen.

»Was guckst du denn so, Wuschelkopf?«, sage ich zu ihm und streichle durch sein flauschiges silbergraues Fell. »Hast du noch nie ein verknalltes Mädchen gesehen?«

Als ich es ausgesprochen habe, halb im Spaß, wird mir plötzlich bewusst, dass es nichts als die Wahrheit ist. Ich habe mich tatsächlich verknallt.

Mitten auf dem Mädchenklo.

# Die Klobrille der Liebe

Hey, da steckst du ja!«, begrüßt mich Pauline und schiebt sich mit zwei voll beladenen Tellern durch die Menschenmenge auf dem Jungsklo. Auf einem Teller befindet sich ein riesiges Stück Schokokuchen und auf dem anderen eine leckere Fruchtschnitte. »Wo warst du denn so lange? Ich habe mich inzwischen über das Büfett hergemacht. Und jetzt rate mal!« Sie nimmt einen großen Bissen vom Schokokuchen, dabei purzeln ein paar Krümel aus ihrem Mund zu Boden. »Fokolade ift daf befte Mittel gegen Liebefkummer.«

»Oje, Pauline.« Ich lege meinen Arm um sie und komme mir plötzlich unsagbar fies vor, weil ich sie so lange allein gelassen habe. »Ist alles in Ordnung mit dir?«

Pauline schluckt den letzten Bissen runter. »Bestens! Mir ist zwar jetzt kotzübel, aber wenigstens muss ich nicht immer nur an Ernst denken. Komm, lass uns tanzen!« Sie

nimmt mich an die Hand und schleift mich auf die Tanzfläche. Ein paar Erwachsene haben schon begonnen, die Hüften im Takt der Musik zu schwingen, auch Katja, Melanie und Angelique machen dabei eine ziemlich gute Figur. »Vor lauter Zucker habe ich jetzt superviel Energie und die muss ich irgendwie rauslassen.« Sie sieht sich um. »Außerdem gibt's hier auch noch eine Menge anderer netter Jungs.«

»Richtige Einstellung!«, lobe ich sie und bin ganz erstaunt. Was ist denn plötzlich mit Pauline los? Erst will sie tanzen, total untypisch für sie, und jetzt sieht sie sich auch noch die anderen Jungs hier genauer an? Hat sie ihren Liebeskummer etwa schon wieder überwunden?

»Was ist mit dem da?«, sagt Pauline und deutet auf einen blonden Jungen, der in die Klasse über uns geht und gerade auf sein Smartphone starrt. »Obwohl, hm, der trägt ein Star-Wars-Shirt und ich finde *Star Wars* ziemlich doof. Vielleicht doch besser den großen Jungen da drüben, mit den langen Haaren?«

»Pauline, ich glaube, das ist einer der Väter«, wispere ich verlegen.

»Ups. Der sieht aber aus wie ein Junge.«

Ich nehme sie genauer unter die Lupe. »Geht es dir wirklich gut? Wie viele Süßigkeiten hast du denn gegessen?«

Pauline verdreht die Augen. »Bloß drei Stück Torte. Oder vier … oder fünf. Und dazu ungefähr zwei Liter Cola. Das bin ich nicht gewohnt, bei uns zu Hause gibt's keinen Zucker, und deshalb bin ich etwas aufgedreht, na und?« Plötzlich hört sie auf zu tanzen und guckt mir unverwandt in die Augen. »Oh, Chloé, kannst du dich nicht auch so wie ich in einen Jungen verknallen? Dann können wir gemeinsam schmachten und uns kitschige Filme anschauen, so wie die Mädchen aus den höheren Klassen. Oh, bitte!«

Dass Pauline mich ausgerechnet jetzt fragt, ob ich verknallt bin, ist schon etwas merkwürdig. Hat sie etwa bemerkt, dass ich mich über die Köpfe der tanzenden Menschen hinweg immer wieder umgesehen habe, in der Hoffnung, Waldemar zu entdecken? Oder hat sie einfach einen sechsten Sinn?

»Womöglich bin ich bereits verknallt«, gestehe ich und gucke verlegen auf meine Füße. Sie stecken in Angeliques Glitzerturnschuhen, auf denen die Eisprinzessin Elsa abgebildet ist, und mir fällt ein, dass ich diese Treter auch schon vorhin auf der Mädchentoilette getragen habe. Hoffentlich hat Waldemar nicht so genau hingeguckt.

»Du bist *verknallt*? In wen denn?« Pauline schreit gegen die Musik an, so laut, dass jetzt auch Melanie und Katja neugierig werden.

»In niemand«, knurre ich böse.

»Aber der Niemand ist doch mit Angelique zusammen«, kichert Katja.

Mir ist plötzlich gar nicht nach Lachen zumute. Am liebsten würde ich auf der Stelle in einem Erdloch versinken, und ich bereue, überhaupt ein Wörtchen über meine plötzlichen Gefühle fallen gelassen zu haben.

»Nicht in den *Niemand*«, korrigiere ich. »Sondern in … ach, ich will einfach nicht darüber sprechen.«

»Liebeskummer«, lautet Paulines Diagnose und Melanie und Katja nicken.

»So ein Quatsch.« Liebeskummer habe ich bestimmt keinen, denn immerhin ist nichts passiert, was mich gekränkt haben könnte. Ich habe Waldemar meine Telefonnummer gegeben und er wird sich bestimmt bald bei mir melden, um mir zu sagen, wie toll er es findet, dass er endlich mich, Chloé, den passenden Topf für seinen Deckel, gefunden hat. Das Ying für sein Yang. Die richtige Brille für seine Porzellanschüssel. Wobei, igitt, der Vergleich ist irgendwie ekelig.

Doch dann kommt mir ein hoffnungsvoller Gedanke. Womöglich hat Waldemar mir schon eine SMS geschrieben und ich habe es wegen der lauten Musik gar nicht gehört. Schnell werfe ich einen Blick auf mein Handy, doch ich habe keine neuen Nachrichten.

Hmpf. Ein düsteres Gefühl macht sich in meiner Magengrube breit.

»Doch! Du hast ganz bestimmt Liebeskummer«, widerspricht Pauline und bedeutet Katja und Melanie, etwas näher zu kommen. »Vergleicht mal Chloés Miene mit dem Gesicht unseres Direktors. Ich glaube, dem geht's gerade genauso. Er ist ganz alleine und vermisst seine große Liebe.«

Unsere Blicke wandern zum Büfett, wo Direktor Oberhäusl einsam an einem Stehtisch lehnt und auf seine Schuhspitzen starrt. Hie und da blickt er auf sein Handy, als warte er auf eine Nachricht von Frau Kümmel.

»Die Kümmel ist heute nicht gekommen«, teilt uns Pauline mit. »Ich glaube, bei der wird er nie im Leben landen. Wäre besser, der Direktor würde sich schnellstens in jemand anders verknallen.«

»Seht nur, er geht zur Garderobe«, stellt Katja fest. »Bestimmt will er nach Hause.«

Gerade als der Direktor seine Jacke vom Haken nimmt und einen letzten traurigen Blick in die Menge wirft, ertönt eine Stimme aus dem Mikro. »Darf ich bitte um Ihre Aufmerksamkeit bitten? Liebe Gäste, wir kommen nun zum Höhepunkt der heutigen Veranstaltung. Dem Geschenk für Direktor Oberhauser.«

Wir richten unseren Blick zur Band, wo Ernsts Mutter, die neue Elternvereinssprecherin, das Mikro in der Hand hält und in die Menge blickt. Die Gespräche verstummen und die Gäste schauen gebannt in ihre Richtung.

»Eine Überraschung?« Katja hebt die Augenbraue. »Etwa die Kümmel im Bikini, versteckt in einer Torte? Das wäre nicht gerade *phänometastisch*.«

»Herr Direktor, weil Sie so viel Energie in das Jungsklo gesteckt haben, möchte der Elternverein Ihnen ein Geschenk überreichen«, spricht Ernsts Mutter weiter. »Wir

haben gehört, dass Sie in Sachen Liebe etwas … Unterstützung benötigen. Kommen Sie mal ins Scheinwerferlicht!«

Katja beginnt zu kichern. »Oh Mann, guckt euch Oberhäusl an. Der ist ja noch roter als mein letzter Englischaufsatz.«

Armer Direktor Oberhauser. Mit gesenktem Kopf und hochroter Stirn trottet er auf Ernsts Mutter zu, während aus der Menge Applaus ertönt. Für einen kurzen Moment fürchte ich, er macht sich aus dem Staub, flüchtet in eine der Jungsklokabinen und sperrt sich darin ein, doch Direktor Oberhäusl kämpft sich tapfer vorwärts bis zur Bühne. Etwas verunsichert guckt er gegen das Scheinwerferlicht ins Publikum.

»Vielen Dank, liebe Festgäste«, murmelt er. »Aber ich brauche nun wirklich kein –«

»Doch, doch, Sie bekommen ein Geschenk, keine Widerrede«, sagt Ernsts Mutter und lässt sich von einer der anderen Mütter ein merkwürdiges, unförmiges Ding reichen.

Es scheint eine Art riesengroßer Ring zu sein, der mit Geschenkpapier umwickelt wurde und mit einer roten Schleife versehen ist.

»Was zum Geier ist das?«, will ich wissen.

»Siehst du es denn nicht, Chloé?«, sagt Pauline, während der Direktor das Geschenkpapier herunterreißt. »Das ist eine verpackte Klobrille!«

»Du hast recht.« Nicht nur ich, auch die anderen Gäste schauen ziemlich verdattert aus der Wäsche. Mit so einem Geschenk hat sicher niemand gerechnet.

»Da sieh mal einer an.« Auch der Direktor scheint nicht ganz zu wissen, was er davon halten soll. Verdutzt kratzt er sich an der Stirn. »Ich hätte ja Pralinen oder Blumen erwartet, aber eine rosarote Klobrille? Hm, vielen Dank, Frau Fröhlich. Die ist wirklich … besonders schön.«

Ernsts Mutter grinst über beide Ohren. »Ach, Herr Direktor, jetzt schauen Sie nicht so enttäuscht. Denken Sie etwa, wir schenken Ihnen eine stinknormale Klobrille?«

Der Direktor zieht die Augenbrauen hoch. »Ach, nicht?«

»Diese Klobrille hier ist ein Einzelstück. Ein Unikat. Ein historisches Highlight«, erklärt Ernsts Mutter würdevoll. »Und nicht nur das. Das hier, meine verehrten Gäste, war die Klobrille vom berühmten Casanova höchstpersönlich. Dem größten Liebhaber und Frauenhelden, den es je gab.«

Ein ehrfürchtiges Raunen geht durch die Menge, und selbst mir bleibt die Spucke weg. Wenn das stimmt, was

Ernsts Mutter sagt, und die Klobrille Casanova gehört hat – der im Übrigen schon seit Ewigkeiten tot ist –, dann muss das Ding ja ein Vermögen wert sein. Ich bin plötzlich neidisch auf das coole Geschenk. So eine historische Klobrille hätte sich auch gut in meinem Zimmer gemacht, neben der EnzyKLOpädie.

»Aber gehört sie dann nicht eher ins Museum?« So wie der Direktor aussieht, scheint er nicht ganz zu glauben, dass es sich hier um die echte Klobrille einer historischen Persönlichkeit handelt. »Und wo haben Sie die überhaupt her?«

»Von eBay!«, erklärt Frau Fröhlich freudestrahlend und zieht ein Stück Papier aus der Handtasche. »Bei der Auktion war außerdem noch eine Pergamentrolle dabei. Wollen Sie mal lesen?«

Direktor Oberhauser nimmt die Rolle entgegen und runzelt die Stirn. »Casanova war ein Schriftsteller und Abenteurer aus Venedig und lebte von 1725 bis 1798. Er ist bekannt, weil er zahlreiche Herzen gebrochen hat und als größter Liebhaber seiner Zeit galt. Seine Klobrille, so sagt es die Legende, wird Liebe in das Leben dessen bringen, der mit seinen vier Buchstaben –« Er bricht ab. »Frau Fröhlich, soll das ein Scherz sein?«

Doch Ernsts Mutter schüttelt den Kopf. »Ich würde mir doch nie einen Scherz mit Ihnen erlauben. Lesen Sie weiter.«

Der Direktor räuspert sich. »… der mit seinen vier Buchstaben darauf Platz nimmt.«

Manche der Anwesenden heben die Augenbrauen, andere werfen sich amüsierte Blicke zu. Ein paar Mädchen in den vorderen Reihen beginnen sogar zu kichern. Eine Klobrille, die Liebe in das Leben ihres Besitzers bringen soll? Wie soll das denn funktionieren? Trällert die Brille etwa Liebeslieder, wenn man darauf sitzt? Oder verrät sie Flirttipps, wie man beim anderen Geschlecht am besten punktet? So recht kann ich mir das noch nicht vorstellen.

»Am besten montieren Sie das Ding noch heute auf Ihre Toilette«, empfiehlt Frau Fröhlich.

»Äh, natürlich«, stammelt der Direktor verunsichert, umarmt Frau Fröhlich zum Dank und scheint sich dabei nicht so ganz sicher zu sein, was er mit seinem außergewöhnlichen Präsent anstellen soll. Stattdessen übergibt er die Klobrille an den Hausmeister Herrn Niemand und verabschiedet sich von den Gästen. Offenbar will er schleunigst nach Hause kommen. Ich kann es ihm nicht verübeln.

Ernst und ich holen uns noch ein letztes Stück Kuchen, als sich die Reihen lichten und die Party langsam zu Ende geht. »Armer Oberhäusl«, murmle ich. »Der wird nie im Leben bei der Kümmel landen.«

»Dafür, Chloé«, erklärt Ernst mit erhobenem Finger, »braucht er keine Klobrille, sondern ein Wunder.«

# EnzyKLOpädie

Kloweisheit #15:

Wisst ihr eigentlich, was man so verwendet hat, bevor es Klopapier gab? Die alten Römer entwickelten eine Bürste, die aus einem Stock mit einem daran festgebundenen Schwamm bestand. Bevor der Nächste damit schrubbte, tränkten sie die Bürste mit Salzwasser. Die ersten Siedler Amerikas waren weniger nachhaltig unterwegs: Sie verwendeten Maiskolben.

# Die Apfeltarnung

Ich gebe es nur ungern zu: Aber langsam glaube ich zu wissen, wie sich Liebeskummer anfühlt. Als wäre man krank und müsste dringend ins Bett. Als hätte man einen dicken fetten Kloß im Hals. Und als hätte man die letzte Folge einer wirklich guten Serie gesehen, die danach für immer abgesetzt wird. Dieses Gefühl ist echt das Letzte.

Und das Schlimmste an der Sache ist: Es ist weit und breit keine Besserung in Sicht. Denn je mehr Zeit verstreicht, in der Waldemar sich nicht bei mir meldet, desto größer wird das flaue Gefühl im Magen, das sich anfühlt wie ein Klumpen Kohle. Seit Freitag sind drei Tage vergangen, in denen nicht mal eine klitzekleine Nachricht von Waldemar eingetrudelt ist. Fast, als hätte er unser Treffen auf dem Mädchenklo einfach vergessen.

»Vielleicht ist sein Hamster krank«, meint Pauline, als schließlich die letzte Stunde des Montagsunterrichts zu

Ende ist und wir aushaben. Vor lauter Verzweiflung habe ich Katja, Melanie und Pauline nämlich heute Morgen auf dem Schulweg von meiner schicksalhaften Begegnung auf dem Klo erzählt – in der Hoffnung, die drei könnten mir verraten, warum Waldemar plötzlich so tut, als existierte ich nicht. Seitdem stellen sie die wildesten Theorien auf, von denen irgendwie keine richtig überzeugend wirkt.

»Ja, und nun war er das ganze Wochenende in der Tierarztpraxis, wo sie den kleinen Kerl in einer schwierigen Not-OP gerettet haben. Und wo es leider keinen Handyempfang gibt«, macht Melanie weiter.

»Oder Waldemar hat sein Ladekabel verloren und nun hat er keinen Saft mehr«, überlegt Pauline, packt ihren Schulrucksack und macht sich auf in Richtung Garderobe. »Ist mir neulich passiert.«

»Vielleicht hat es auch in der Stadt einen Netzausfall gegeben«, meint Katja und folgt Pauline aus der Klasse. »Der alle Handys lahmgelegt hat.«

Ich laufe meinen Freundinnen hinterher und rümpfe dabei die Nase. »Davon hab ich aber nichts gehört.«

»Betraf ja auch nur Waldemars Haus«, fügt Katja schnell hinzu, doch als sie sieht, dass ich nicht so recht überzeugt bin, sagt sie: »Oder vielleicht ist ihm ganz einfach das Handy ins Klo gefallen.«

Ich horche auf. In meiner selbstverfassten EnzyKLO-pädie steht, dass die meisten Handys in Deutschland kaputtgehen, weil sie den Besitzern ins Klo (* nachzulesen in Band 1) fallen. Wenn man bedenkt, dass Waldemars Vater auch noch Mobiltoilettenproduzent ist und bestimmt hundert Stück davon besitzt, ist die Wahrscheinlichkeit, dass Waldemars Mobiltelefon unabsichtlich in eine davon geplumpst ist … hundert Mal so groß.

Irgendwie logisch, oder?

»Das ist es!«, rufe ich begeistert. Auf einen Schlag fühle ich mich deutlich besser und würde Katja am liebsten um den Hals fallen. »Nach der Feier ist sein Handy bestimmt in eins der Mobilklos gefallen, deshalb hat er mich nicht angerufen. Ich muss ihn finden und ihm erneut meine Nummer geben.«

»Gute Idee. Dann lass uns die Sache mal analysieren«, meint Melanie nüchtern, während wir im Flur nebeneinander herlaufen. Wie immer geht sie zuerst alle Fakten durch, bevor sie etwas entscheidet. »Welche Informationen hast du denn über diesen Jungen?«

»Hm. Sein Name ist Waldemar Carlsson, er interessiert sich für Toiletten. Und er geht hier in die neunte Klasse.«

Pauline hält inne. »Es gibt fünf neunte Klassen. Und zwar a, b, c, d und e. Weißt du denn nicht, in welche Klasse?«

Ich schüttle den Kopf, während ich mir das Hirn zermartere, ob ich irgendeine wichtige Information vergessen haben könnte. »In jedes der Klassenzimmer zu schleichen und laut Waldemars Namen zu brüllen wäre etwas peinlich, oder?«

»Da kannst du auch gleich ein kitschiges Liebesgedicht über die Lautsprecheranlage durchsagen, so wie der liebeskranke Heikomir.« Katja lacht. »Aber sei gewarnt, Chloé, spätestens dann werden alle in der Schule wissen, dass du dich von Chloé, dem schrägen Klomädchen, in eine liebeskranke Jungsverfolgerin verwandelt hast.«

Ich bleibe stehen und starre Katja an. »Ich bin Chloé, das schräge Klomädchen?« Ich kann nicht glauben, was ich da höre. Ist es wirklich das, was die anderen über mich denken?

»Bloß ein Scherz.« Katja gibt mir einen sanften Klaps auf die Schulter und marschiert weiter. »Ich bin doch auch Katja, die mit der großen Klappe und den erfundenen Wörtern.«

»Und ich Pauline, die Kratzbürste, mit der Hippiemutter, die nur gesundes Essen erlaubt.«

Jetzt muss ich kichern. Vermutlich wollen mir Katja und Pauline damit sagen, dass wir alle einen an der Waffel haben. Und wenn man naturgemäß schon etwas seltsam ist, muss man nicht noch seltsamer werden, indem man lauthals den Namen des Angebeteten durch die Schule plärrt.

»Es muss einen anderen Weg geben«, überlege ich und lasse meinen Blick über den Flur schweifen. Viele der Schüler sind bereits zu Hause, nachmittags ist es ziemlich leer hier. »Wartet mal. Was ist mit dem Jungsklo?«

»Was soll damit sein? Es ist vollgestopft mit blödem Jungskram und längst nicht so cool wie unser Mädchenklo«, sagt Melanie.

»Aber jeder Junge der Schule muss mal dahin«, spinne ich meinen Gedanken weiter. Wir sind jetzt bei den Treppen angelangt, nicht weit entfernt von den Toiletten. Fest entschlossen steuere ich nach links und peile das Jungsklo an, meine Freundinnen folgen mir. »Früher oder später wird auch Waldemar dort vorbeikommen.«

Melanie zieht die Augenbrauen hoch. »Willst du etwa vor dem Jungsklo campieren?«

Ich zucke mit den Schultern. »Wenn es sein muss.«

Katja beginnt zu würgen. »Igitt. Bist du dir da sicher? Von der Fahne, die tagtäglich aus dem Jungsklo weht, wird man geradezu ohnmächtig. Eine Mischung aus billigem Deo, Schweiß und … ähm, na ja, den Rest erwähnen wir mal besser nicht.«

Ich denke einen Moment lang über Katjas Worte nach, als urplötzlich die Jungsklotür aufschwingt und etwas in mir unweigerlich hofft, dass Waldemar gleich vor mir steht.

Doch leider ist es nicht Waldemar, sondern nur Heikos Vater, unser Hausmeister Herr Niemand. Mit seiner großen Narbe im Gesicht und den kantigen Zügen sieht er Waldemar nicht mal im Geringsten ähnlich.

»Oh, guten Tag, Herr Niemand«, begrüßt ihn Pauline freundlich. In den Händen hält der Hausmeister zwei große Müllsäcke. »Beseitigen Sie etwa immer noch den Abfall von der Party?«

Herr Niemand stöhnt. »Leider ja.«

Melanie schüttelt fassungslos den Kopf. »War ja klar, dass die Jungs so viel Chaos anrichten.«

»Jungs?« Herr Niemand blickt uns entgeistert an. »Das waren nicht die Jungs, sondern die Väter. Eine der Toiletten ist kaputtgegangen, weil der dicke Vater von Olga beim Playstation-Zocken vor lauter Begeisterung auf die Klobrille gehüpft ist.«

Als Herr Niemand schließlich um die Ecke biegt, läutet die Glocke zur nächsten Stunde. Die wenigen Schüler, die auf den Gängen unterwegs waren, verschwinden in den Klassen. Es ist Zeit, nach Hause zu gehen.

»Lasst uns abhauen«, beschließt Katja. »Ich trage fünf Kilogramm Schulbücher im Rucksack mit mir herum und muss die alle noch bis zum Sommer durchackern. Mann, freue ich mich auf die Ferien! Das wird echt …« Katja überlegt.

Melanie sieht sie gespannt an. »Na los, wir warten auf eine neue Wortkreation.«

»Superkalifragilistisch!«

»Katja, das Wort gibt's schon. Das stammt aus *Mary Poppins.*«

»Na und? Klingt trotzdem cool.«

»So ein Mist!«, fluche ich leise vor mich hin, während meine Freundinnen unbeschwert vor sich hin plappern und in Richtung Busstation schlendern. Auch wenn ich Waldemar heute nicht gesehen habe, heißt das nicht, dass ich aufgebe. Irgendwann läuft er mir über den Weg. Ganz bestimmt.

Okay, Leute, keine Bange wegen mir und Waldemar. Es ist Dienstag, und obwohl ich immer noch kein Sterbenswörtchen von ihm gehört habe, bin ich äußerst zuversichtlich. Denn ich habe einen Plan. Wollt ihr ihn hören? Na fein.

Mein Plan beinhaltet nicht nur das neue Jungsklo, sondern auch Direktor Oberhäusl. Wie ihr bestimmt schon wisst, ist der Schulleiter nicht nur davon überzeugt, dass jeder Schüler der Schule das Recht auf ein gemütliches stilles Örtchen hat – er ist auch noch der Ansicht, dass sich unsere Schüler gesünder ernähren sollten. Vor allem die Jungs, die tagtäglich am liebsten Schokoriegel, Chips oder Donuts in sich reinstopfen. Deshalb hat Oberhäusl schon vor Monaten einen Korb mit kostenlosen Äpfeln unten an den Garderoben aufgestellt, doch irgendwie scheint keiner Notiz davon zu nehmen. Jedes Mal, wenn ich daran vorbeilaufe, sind die Äpfel fast schon faul.

Also habe ich die Sache zum Anlass genommen und schlage heute zwei Fliegen mit einer Klappe: Zum einen bin ich nun Direktor Oberhäusls neue Lieblingsschülerin, weil ich angeboten habe, zumindest am heutigen Morgen die Äpfel zu verteilen. Zum anderen – ihr ahnt es bereits – habe ich endlich einen Grund, in den Pausen vor dem Jungsklo zu stehen, ohne dass alle denken, ich hätte mich verlaufen.

»Und du denkst wirklich, dass das hier ein geeigneter Standort ist?«, fragt Direktor Oberhäusl am Dienstagmorgen, während er mir einen Stehtisch neben die Tür des Jungsklos trägt.

»Keine Sorge, Herr Direktor«, versichere ich ihm. »Sobald die ersten Jungs in die Schule kommen, drücke ich ihnen einen Apfel in die Hand. Und die Mädchen bekommen natürlich auch einen. Und sogar die Lehrer.«

»Das wäre ja nahezu fabelhaft.« Der Direktor wirft mir einen misstrauischen Blick zu, als ahne er, dass ich mich nicht aus Gründen der gesunden Ernährung fürs Äpfelverteilen opfere. Doch dann verschwindet er zurück in sein Büro, während ich mit rund zweihundert Äpfeln alleine auf dem Flur zurückbleibe.

Doch es dauert gar nicht lange, bis ich die ersten davon unters Volk bringe. Die Tür zum Jungsklo schwingt auf, und heraus kommen zwei Jungs aus der Achten, die bereitwillig einen Apfel nehmen. Ihnen folgen Heinz, Paul und Jonas aus unserer Klasse, die, wenn auch widerwillig, in ihre kostenlosen Äpfel beißen. Wenige Minuten später nimmt sich sogar Ernst einen Apfel.

»Ach du liebes Lieschen, seit wann bist du denn unter die Ernährungsmoralapostel gegangen? Hast du mir nicht gestern noch eine Nachricht geschickt und erzählt, dass du bei Pauline warst und es zum Knabbern nur widerliche getrocknete Früchte gegeben hat?« Er sieht mich prüfend an. »Du hast mir sogar dieses Smileygesicht mit der herausgestreckten Zunge geschickt.«

Ich knurre. Dass Ernst wieder mal versucht, alles zu analysieren, gefällt mir gar nicht. »Na und? Mir ist eben über Nacht klar geworden, dass Obst und Vitamine gut für mich sind.«

Ernst fixiert mich immer noch. »Oder warte, bestimmt ist es so wie bei Schneewittchen. Du hast die Äpfel vergiftet, vor lauter Neid auf unser phänomenales Jungsklo. Stimmt's oder hab ich recht?«

»Ach, mach doch die Fliege, Ernst.« Jetzt werde ich richtig sauer. Ganz bestimmt verrate ich ihm nicht den wahren Grund, aus dem ich mich hier vor dem Jungsklo postiert habe. Ausgerechnet ihm, der sich nie im Leben vorstellen könnte, sich zu verknallen. Als ob er jemals verstehen würde, was ich für Waldemar –

Waldemar!

Meine Gedanken versiegen, denn plötzlich ist es, als liefe mein ganzes Leben in Ultrazeitlupe ab. Hinter Ernsts Rücken taucht Waldemar auf. Seine blonden Locken leuchten im Licht der Morgensonne, die durch das gegenüberliegende Fenster scheint, während er gerade auf seinem Handy herumwischt.

»Waldemar!«, rufe ich und winke, während Ernst eine neuerliche dumme Theorie anstellt, warum ich vor dem Klo stehe und Äpfel verteile. »Waldemar! Hi! Ich bin's, Chloé. Von Freitagabend, auf dem Mädchenklo. Weißt du noch?«

Jetzt blickt Waldemar auf, schaut mich an, steckt sein Handy in die Hosentasche – das, entgegen meiner Theorie, so gar nicht danach aussieht, als wäre es ins Klo gefallen. Es wirkt heil und scheint voll funktionsfähig.

Schlagartig ist der Klumpen Kohle in meinem Magen wieder da, und ich bin plötzlich gar nicht mehr sicher, ob es so eine gute Idee war, ihn auf mich aufmerksam zu machen. Ich fühle mich ein bisschen so wie Oberhäusl bei der Geschenküberreichung, auf der Suche nach einem Loch im Boden, in das man versinken kann.

»Hi, Chloé.« Doch als Waldemar plötzlich lächelt, kommt es mir vor, als würde der Klumpen Kohle einem ganzen Schwarm Schmetterlingen Platz machen, der in meinem Magen eine wilde Party feiert.

»Hallo, Waldemar.« Ich merke, wie meine Wangen heiß werden. Offenbar sehe ich aus wie eine Tomate, denn Ernst sieht mich ganz komisch an und blickt dann zu Waldemar, als hätte er das Gefühl, etwas verpasst zu haben.

»Wie war dein Wochenende?«, will Waldemar wissen und lehnt sich gegen meinen Apfeltisch.

Mein Wochenende? Ich habe alle fünf Minuten auf mein Handy geschaut und schließlich vor Ärger laut geschrien, als es Samstagabend endlich geklingelt hat und es dann doch nur Tante Trude war, will ich ihm schon sagen. Aber natürlich mache ich das nicht.

»Gut«, antworte ich stattdessen. Ohne es kontrollieren zu können, setze ich wieder das doofe Grinsen auf, das mir schon bei unserem ersten Treffen wie ins Gesicht gemeißelt war.

»Ja?« Zum Glück grinst Waldemar ähnlich breit und mir fallen schon wieder seine süßen Grübchen auf. »Schön. Meins war auch ganz okay.«

Eine Weile starren wir uns an, bis es Ernst offenbar zu doof wird. Er schiebt sich zwischen uns und streckt Waldemar seine Hand entgegen. »Hi. Ich bin Ernst.«

Waldemar nimmt Ernst unter die Lupe. »Ach, *der* Ernst.«

So cool wie eh und je schnalzt Ernst mit der Zunge. »Du sagst es, Kumpel. Ich bin der Ernst aus dem Internet, vom YouTube-Kanal *Der Ernst des Lebens.*« Er deutet mit beiden Daumen auf seine Brust. »Live und in Farbe. Autogramme kannst du mit frankiertem Postumschlag jederzeit bei mir anfordern.«

Waldemar runzelt die Stirn. »Ich verstehe nur Bahnhof. Du hast einen YouTube-Kanal?«

»Äääḧm.« Ernst wirkt, als hätte man ihm einen Schlag mit dem Holzhammer verpasst. »Aber du sagtest doch –«

»Chloé hat von dir erzählt«, stellt Waldemar klar. »Letzten Freitag, als wir uns kennengelernt haben. Nicht wahr?«

»Äh ja, möglich.« Mir schwirrt der Kopf. Ich muss so viel Stumpfsinn geplappert haben, denn ich kann mich an nichts davon so wirklich erinnern. »Ernst ist mein ältester Kumpel und Sitznachbar. Die meiste Zeit ist er ziemlich unausstehlich, außerdem ist sein Selbstvertrauen ungefähr so groß wie der Pariser Eiffelturm.«

»Ah.« Waldemar betrachtet Ernst für eine Weile, dann huscht ein Lächeln über seine Lippen, während es zur ersten Stunde läutet. »Chloés Freunde sind auch meine Freunde. Ich bin Waldemar. Oh Mist, ich muss los. Wir schreiben jetzt gleich eine Arbeit. Mach's gut, Chloé.«

»Möchtest du noch einen Apfel?«, sage ich und drücke ihm einen Apfel in die Hand, der genauso perfekt ist wie er.

»Danke.« Waldemar nimmt ihn und für einen kurzen Moment berühren sich unsere Fingerspitzen. Dann beißt er hinein und zieht schwungvoll los in Richtung Flur.

»Wer war das denn?«, will Ernst wissen. »Und warum ist dein Wortschatz soeben auf den einer Stubenfliege geschrumpft?«

»Schscht!«, zische ich und schaue Waldemar verträumt hinterher. Ich könnte ihm stundenlang dabei zusehen, wie er einen Apfel isst. Ein perfekter Apfel und ein perfekter Junge. Wie gut das zusammenpasst.

»Ach, und Chloé?« Waldemar ist schon halb um die Ecke, dann dreht er sich noch mal zu mir um. »Bis bald.«

»Bis bald«, erwidere ich und die Schmetterlinge in meinem Bauch tanzen noch ein wenig heftiger umher. Irgendein klitzekleines Gefühl verrät mir, dass ich diesmal nicht so lange auf Waldemars Nachricht warten muss.

# Ein erstes richtiges Date

Fünfundvierzig Minuten. Genau so lange muss ich an diesem Dienstag noch warten, bis es zur nächsten Pause klingelt und endlich die ersehnte SMS von Waldemar eintrifft. Und nicht nur das – in seiner Nachricht lädt er mich außerdem für heute Nachmittag zu sich in sein Viertel ein und erzählt, dass es bei ihm ums Eck einen neuen Eissalon gibt, den wir unbedingt probieren müssen.

Ihr könnt euch wohl vorstellen, dass ich vor lauter Freude Bäume ausreißen könnte, als ich den Bus ans andere Ende der Stadt nehme. Und doch bin ich ziemlich nervös, denn mir gehen Angeliques Worte durch den Kopf. Kurz bevor ich in den Bus gestiegen bin, habe ich sie nämlich angerufen und um ein paar Datingtipps gebeten – da die Einhornprinzessin ja schon seit einer Weile mit Heiko zusammen ist und die beiden immer noch so verknallt sind wie zu Beginn, weiß sie offenbar, wie der Hase läuft.

Jedenfalls sind das die Ratschläge, die sie mir mit auf den Weg gegeben hat:

**1.) Zieh dein hübschestes Kleid an.
Am besten eins mit Einhörnern.**

Leider hat das nicht so ganz geklappt, weil ich kein Kleid mit Einhörnern besitze. Das einzige verfügbare Kleid in meinem Schrank ist ein rotes Ungetüm mit Samtschleife, das ich sonst nur an Weihnachten trage und in dem ich

echt scheußlich aussehe. Die anderen befanden sich gerade in der Wäsche. Also habe ich einfach T-Shirt und Jeans angezogen. Das T-Shirt ist zumindest pink, Angeliques Lieblingsfarbe, also schätze ich, dass sie dagegen wohl nichts einzuwenden hat.

**2.) Zieh Schuhe mit Absatz an.
Damit wirkst du älter.**

Auch damit hatte ich so meine Probleme. Im Schuhschrank hatte ich zwar ein paar uralte hochhackige Sandalen meiner Mama entdeckt, doch leider kam ich damit noch nicht mal die Treppe hinunter, ohne umzuknicken oder hilflos herumzuwackeln wie die Kandidatinnen in einer Castingshow. Also habe ich darauf verzichtet und stattdessen meine flachen Sandalen gewählt.

**3.) Verrate ihm auf keinen, ich wiederhole, auf keinen Fall, dass du eine Enzyklopädie über Klofakten verfasst hast. Sorry, Chloé, aber das ist einfach nur schräg.**

Okay, zumindest diese Regel macht mir keine Probleme, und ich hoffe, dass die Befolgung dieses einen Gebots ausreicht, damit meine erste Verabredung kein Desaster wird.

»Wusstest du eigentlich, dass die erste Mobiltoilette in Deutschland erfunden wurde?«, erzählt mir Waldemar, als die erste halbe Stunde unserer Verabredung bereits rum ist, ohne dass mir etwas Peinliches passiert ist. Er verputzt genüsslich sein Eis und schlendert neben mir durch den Park. »Ein amerikanischer Soldat, der hier stationiert war, wollte wohl seine Notdurft nicht in Gesellschaft seiner Kameraden verrichten.

Mit der Idee wurde der Typ so erfolgreich, dass er das Militär verließ und sich in Deutschland vollständig der Produktion von Toiletten widmete.«

»Damit hat er wohl das Geschäft seines Lebens gemacht«, antworte ich und ärgere mich gleich danach über diesen schlechten Witz, doch Waldemar lacht, bis er Tränen in den Augen hat.

Bevor ihr uns jetzt für komplett belämmert haltet: Natürlich haben wir auch noch andere Gesprächsthemen als die Mobiltoiletten von Waldemars Vater. Ich weiß inzwischen, dass Waldemar am liebsten Hähnchen mit Pommes isst, Tomaten nicht ausstehen kann, gut in Physik und Chemie ist und seine Klasse in Englisch nicht von der miesepetrigen Kümmel unterrichtet wird, sondern von der neuen jungen Lehrerin, die ein wenig aussieht wie Jennifer Lawrence und in die die Hälfte der Jungs verschossen ist. Danach war ich für einen Moment etwas eifersüchtig auf die junge Lehrerin, bis mir Waldemar versichert hat, dass er nie im Leben für Lehrerinnen schwärmen würde, und mir dabei fest in die Augen gesehen hat.

Seitdem schwebe ich auf Wolke sieben, verspeise zufrieden mein Eis und beginne sogar, noch mehr zu strahlen, als Waldemar mir zeigen will, wo er wohnt. Als er schließlich die Tür zu seinem Wohnhaus aufsperrt, werde ich ein wenig nervös, doch zum Glück hält das nicht lange an. Waldemars Mutter ist nicht nur genauso hübsch wie ihr

Sohn, sie ist auch ausgesprochen sympathisch und bietet mir frisch gebackenen Aprikosenkuchen und heiße Schokolade an.

»Komm mit«, sagt Waldemar nach einer Weile, als wir alles verputzt haben und seine Mutter in die Küche verschwunden ist. »Ich muss dir mein Bücherregal zeigen. Das wird dir bestimmt gefallen.«

Einige Augenblicke später stehe ich zum ersten Mal in Waldemars Zimmer. Es ist ein ziemlich großer Raum, in dem es nicht nur einen eigenen Fernseher mit Spielkonsole gibt, sondern auch ein bequemes Sofa und ein gigantisch großes Bücherregal. Kurzerhand zieht er ein dickes Buch heraus, auf dem steht: »Eine Reise zu den stillen Örtchen dieser Welt«.

Erstaunt gucke ich mir das Titelbild an, das eine Vielzahl von Toiletten zeigt. »Ist das etwa –«

Waldemar nickt. »Ein Toiletten-Reiseführer. Er zeigt die besonderen WCs dieser Welt – von Australien bis zum Nordpol. Ziemlich witzig, oder?« Er fährt mit dem Finger über die Buchrücken im Regal. »Paps hat mir noch mehr Bücher zu diesem Thema geschenkt. Hier, ›Die Geschichte der Toilette‹, ein Klassiker. Oder hier, das ›Klowitzebuch‹, oder hier, ›Modernes Toilettendesign‹.« Er sieht mich an. »Wenn meine Kumpels hier raufkommen, verstecke ich die Bücher. Sie sollen mich nicht für seltsam halten.«

»Das geht mir mit meiner EnzyKLOpädie genauso.«

»Deiner was?«

Uff. Mist! Schlagartig fällt mir Angeliques dritte Regel für Dates mit Jungs ein, die einzige, die ich bisher noch nicht gebrochen habe: Ich soll keinesfalls von meiner selbstverfassten Enzyklopädie erzählen.

»Äh, nichts«, rette ich mich und zwirble beiläufig eine meiner Haarsträhnen. »Ist nicht weiter wichtig. Nur so ein blödes Projekt. Interessiert dich bestimmt überhaupt gar nicht.«

»Quatsch. Alles, was mit dir zu tun hat, interessiert mich«, sagt Waldemar und setzt sich neben mich auf das Sofa. Die Art, wie er mich plötzlich ansieht, lässt ein Kribbeln in mir aufsteigen. Ohne groß nachzudenken, beschließe ich, auch Angeliques dritte Regel über Bord zu werfen.

»Also gut.« Ich hole tief Luft und bereite mich auf mein Geständnis vor. »Seit ich klein bin, sammle ich verrückte Fakten über Toiletten und schreibe sie in ein Buch. Ich nenne es EnzyKLOpädie.« Ich kann nicht anders, ich muss plötzlich grinsen, so stolz bin ich auf mein kleines Lexikon. »Es ist inzwischen total umfangreich und richtig dick. Darin steht nicht nur, wann die erste Toilette erfunden wurde, sondern man erfährt auch, ob Jungs oder Mädchen durchschnittlich länger auf der Toilette sitzen. Dass Toiletten auf der Welt keine Selbstverständlichkeit sind. Und welche Arten es gibt, Klopapier zu benutzen.«

Waldemar betrachtet mich aufmerksam, und sofort bereue ich, einem noch beinahe fremden Jungen voller Begeisterung von einem Geheimprojekt erzählt zu haben. Doch dann springt Waldemar auf und klatscht in die Hände. »Genial! Chloé, du solltest ein echtes Buch daraus machen! Ein Buch, das man im Buchladen kaufen kann.«

»Meinst du?« Ich runzle die Stirn. So begeistert hat noch nie jemand reagiert, nicht Ernst, nicht Pauline – noch nicht mal meine Eltern. Will er mich etwa veräppeln?

»Na klar.« Seine blauen Augen funkeln mich an. »Stell dir das mal vor. Es könnte einerseits ein witziges Buch sein, aber ebenso könnte es nachdenklich machen, wenn man erfährt, dass eine Vielzahl von Menschen keine Toilette besitzt. Für uns in Deutschland ist ein stilles Örtchen ja eine Selbstverständlichkeit.« Er lächelt. »Ich würde das Buch jedenfalls sofort kaufen.«

Leute, ich bin platt. Waldemar macht sich nicht lustig über mich. Nicht mal annähernd. Er findet meine EnzyKLOpädie auch nicht »ganz interessant« oder »recht witzig«, wie die meisten meiner Freundinnen. Er findet die Idee sogar so toll, dass er die EnzyKLOpädie in einem Buchladen kaufen würde.

Für Geld!

Ich hätte nicht gedacht, dass der heutige Tag noch besser werden würde.

Und dann, wie aus dem Nichts, belehrt mich Waldemar

eines Besseren. Er nimmt meine Hand und sieht mir tief in die Augen. »Kaum zu glauben. Ein hübsches Mädchen, das so tickt wie ich. Ich glaube langsam, es stimmt, was man sagt. Jeder Topf findet seinen Deckel.«

Am nächsten Morgen kann ich es gar nicht erwarten, aus dem Bett zu kommen. Die Sonne scheint, die Vögel zwitschern und außerdem steht für heute kein Englisch auf dem Stundenplan. Ein kümmelfreier Vormittag also. Ich glaube kaum, dass ich mich jemals so sehr auf die Schule gefreut habe.

Im Bus bekomme ich auch schon die erste SMS von Waldemar. *Unternehmen wir am Wochenende was? Magst du Karaoke?*, will er wissen. Ich beginne, eine Nachricht zu tippen, als sich Ernst neben mich fallen lässt.

»Morgen, Chloé«, sagt er und sieht mich an. »Du siehst heute echt toll aus, weißt du das? Die Schleife im Haar steht dir ausgezeichnet.«

»Danke. Aber die hab ich gestern auch schon getragen«, antworte ich wie automatisch. Ich tippe gerade meine Antwort an Waldemar, und weil der Bus so ruckelt, treffe ich nicht die richtigen Buchstaben. Und dann macht auch noch diese Autokorrektur andere Wörter daraus. Aus *Ich liebe Karaoke* wird plötzlich *Ich liebe Karola*.

»Du hörst mir ja gar nicht richtig zu«, sagt Ernst pikiert. »Ich muss dir nämlich was gestehen. Seit gestern, als wir uns am Apfelstand gesehen haben, habe ich irgendwie ein komisches Gefühl in der Magengrube.«

»Vielleicht bist du krank? Darmgrippe. Hatte Jonas die nicht auch letzte Woche?«, murmle ich, den Blick fest aufs Handy gerichtet. Jetzt steht da plötzlich *Ich liebe Kataloge.* Verfluchtes Handy.

Ernst schüttelt den Kopf. »Das ist es nicht. Es hat mit dir zu tun. Und deshalb habe ich gestern Abend ein YouTube-Video gedreht, für dich.«

»Ich sehe es mir gleich an, ja?«, murmle ich. *Ich liebe Katapulte. Mist!!* Ich bin kurz davor, das Handy aus dem Busfenster zu werfen.

»Sieh mal«, sagt Ernst und hält mir das Video unter die Nase. Jetzt kann ich doch nicht anders, als es mir anzusehen und die SMS an Waldemar auf später zu verschieben. Denn dieses Video ist ganz anders als die anderen, die Ernst immer dreht. In denen er Streiche filmt. Oder Schüler, die sich unbeobachtet fühlen und in der Nase bohren. Oder seine Eltern, wie sie eine Packung Milch in einem Zug trinken, weil er ihnen zuvor Chili in die Frühstücksflocken gemischt hat.

Dieses Video handelt nur von mir. Oder, besser gesagt, von meinem Namen. Die erste Szene zeigt Ernst, wie er meinen Namen mit Steinen in die Erde schreibt, untermalt mit kitschiger Gitarrenmusik. Dann baut er auch noch ein Herz aus Teelichtern und zündet es an, gefolgt von einer Szene, die Ernst offenbar auf dem Klo gedreht hat. Er sitzt auf dem Klodeckel und hält ein Gänseblümchen in der Hand, rupft die Blätter einzeln aus und sagt dabei: »Sie liebt mich, sie liebt mich nicht.«

»Ernst!« Das Video ist noch nicht zu Ende, aber ich reiche ihm trotzdem sein Handy zurück. Ist das etwa sein Sinn für Humor? Hat er mitbekommen, dass ich verliebt bin, und macht jetzt auf meine Kosten Witze? »Hör auf, dich über mich lustig zu machen! Was um alles in der Welt soll das denn?«

Zu meinem Schreck sieht Ernst nicht aus, als wolle er spaßen. Normalerweise würde er in Gelächter ausbrechen und sich vor lauter Spaß auf den Oberschenkel schlagen, doch stattdessen wird er knallrot. »Das … das ist kein Spaß, Chloé. Ich bin echt seit gestern über beide Ohren in dich –«

Gott sei Dank erreichen wir in diesem Moment die Schule. Bevor Ernst auch nur ein weiteres Wort sprechen kann, dränge ich mich an ihm vorbei, presse mich durch den Mittelgang des Schulbusses zum Ausgang, schultere meinen Rucksack und flitze, so schnell ich kann, los. Im Höllentempo jage ich den gepflasterten Weg entlang bis zu den Stufen, die zum Eingang der Schule führen. An den Garderoben verschnaufe ich. Erst glaube ich, ich bin die

Einzige hier, doch dann sehe ich, dass Angelique mir gegenübersteht und mich interessiert anstarrt.

»Lass mich raten«, plappert sie und zwirbelt eine ihrer blonden Strähnen. »Du hast meine Ratschläge wieder mal nicht beherzigt, Chloé. Vermutlich bist du in Schlabberpulli und Jogginghose zum Date gegangen und nun bist du verzweifelt, weil dieser Waldemar sich nicht mehr meldet. Stimmt's oder hab ich recht?«

»Hä?« Ich habe keinen blassen Schlimmer, wovon sie spricht. »Das Date ist fantastisch gelaufen.«

»Na, da sieh mal einer an.« Angelique hebt ungläubig eine Augenbraue. »Und warum strahlst du dann nicht wie ein Honigkuchenpferd, sondern schaust aus, als hätte dich die Kümmel gerade in Englisch durchfallen lassen?«

»Wegen Ernst.« Ich vergrabe meinen Kopf in den Händen. »Angelique, dieser ganze Morgen war total seltsam. Ernst ist in den Bus eingestiegen und wollte unbedingt mit mir reden. Und er hatte diesen merkwürdigen Blick aufgesetzt, als –«

»Als hätte sich sein Hirn in Apfelmus verwandelt?«, fällt sie mir ins Wort.

»Ja!« Entgeistert starre ich sie an. »Woher weißt du das?«

»Weil Paul, Jonas und Heinz genau den gleichen Blick draufhatten.« Angelique macht eine geheimnisvolle Pause. »Als sie mir das hier in die Hand gedrückt haben. Offenbar hatten sie nicht den Mut, sie dir persönlich zu geben.«

Voller Erstaunen sehe ich, dass Angelique drei Briefe aus ihrem pinken Einhornrucksack hervorholt. Auf jedem von ihnen steht in geschwungenen Buchstaben mein Name, und das ist, ehrlich gesagt, ziemlich verwunderlich. Denn bis jetzt hatte ich mit Paul, Jonas und Heinz nicht besonders viel zu tun gehabt. Jonas und Paul machen sich meist über mich und meine Klobesessenheit lustig, und unser Klassenstreber Heinz hat mir nur einmal eine SMS geschrieben – als er krank war und unbedingt wissen wollte, was er in Mathe versäumt hatte.

»Äh, danke«, murmle ich, stecke die Briefe ein und denke im ersten Moment an einen Scherz. Oder an einen Kettenbrief. Oder an irgendein lahmes Infoblatt von einem Lehrer, das ich vergessen hatte mitzunehmen. Doch kaum habe ich die Klasse betreten, ahne ich, warum Angelique vorher so geheimnisvoll getan hat. Und eins kann ich euch verraten: Die Sache ist noch viel verrückter, als ihr es jemals vermuten würdet.

# EnzyKLOpädie

Kloweisheit #16:

Wusstet ihr, dass das erste »water closet« bereits im 16. Jahrhundert entwickelt wurde? Danach geriet es leider in Vergessenheit. Erst 1775 meldet Alexander Cummings ein Patent auf eine Toilette an, mit dem heute typischen s-förmigen Abflussrohr, dem Siphon. 1870 bringt ein Töpfer namens Thomas William Twyford dann die Keramikschüssel auf den Markt – die Toilette in ihrer heutigen Form ist geboren.

# Verliebt, verlobt, verzweifelt

Über Nacht haben sich nämlich nicht nur Ernst, sondern auch Jonas, Heinz und Paul auf wundersame Weise in mich verliebt. Und das in meiner Hand sind keine Infoblätter oder Kettenbriefe, sondern – ihr ahnt es bestimmt schon – handgeschriebene, superschmalzige Liebesbriefe. Kaum habe ich den ersten Umschlag geöffnet, der, der Handschrift nach, von Paul zu stammen scheint, steuert der Verfasser auch schon höchstpersönlich auf mich zu und lehnt sich cool an meinen Tisch.

»Hi, Chloé«, säuselt er und zwinkert mir ununterbrochen zu, als hätte er was im Auge. »Du kannst es ruhig zugeben, für dich war ich immer schon der coolste Junge der Schule. Weißt du noch, als du mit mir geflirtet hast, als ich aus dem Sportunterricht gekommen und nur dieses enge Shirt getragen hab? Du hast bemerkt, dass ich mit den Hanteln meines Bruders trainiert hab, nicht wahr?«

»Ähm«, stottere ich, während Paul seine Arme anspannt, um mir das bisschen Muskelmasse zu zeigen, das er besitzt. Außerdem wird er dabei vor Anstrengung knallrot und keucht wie eine altersschwache Lokomotive. »Tut mir leid, Paul, ich habe nicht mit dir geflirtet, sondern gekichert. Das Shirt war dir zwei Nummern zu klein und sah aus, als gehörte es deiner kleinen Schwester.«

Paul setzt einen beleidigten Gesichtsausdruck auf und fasst sich an sein Herz, als hätte ich ihn eiskalt erwischt. »Ach, Chloé, das trägt man so. Damit die Mädchen sehen, dass man sportlich ist.«

»Vergiss diesen eingebildeten Verlierer, Chloé«, mischt sich Jonas ein und schiebt sich zwischen uns. Dabei spitzt er ganz merkwürdig die Lippen. »Lies meinen Liebesbrief zuerst. Ich habe mir richtig Mühe gegeben und sogar einen romantischen Song für dich getextet.«

Paul rümpft die Nase. »Romantisch? Du hast doch bestimmt einen bescheuerten Hip-Hop-Song für Chloé komponiert, in dem es um Kohle, Mädchen und Partys geht. Ich kenne deinen Musikgeschmack.«

»Na und? Ich kann wenigstens rechtschreiben, ganz im Gegensatz zu dir, du selbstverliebter Vollpfosten.«

Paul verpasst Jonas einen Rempler. »Wie hast du mich gerade genannt?«

Jonas knurrt. »Vollpfosten.«

»Und du bist ein minderbemittelter Pickelkopf.«

»Genug jetzt, Jungs.« Wie aus dem Nichts hat sich unser Klassenstreber Heinz zwischen die beiden gedrängt. Er rückt sich die Brille zurecht und setzt ein schmalziges Lächeln auf. »Solche Möchtegernmachos haben bei Mädchen wie Chloé ohnehin keine Chance. Sie mag Jungs mit Köpfchen. Ihr beiden Eierköpfe könnt ja noch nicht mal die Wurzel aus fünfundzwanzig ziehen.«

»Wir ziehen gleich deine Wurzel, und zwar inklusive Zahn, wenn du nicht sofort die Klappe hältst, Vierauge!«, zischt Paul und baut sich vor Heinz auf.

»Genau! Sieh besser zu, dass du Land gewinnst, Streber, und lass die coolen Kids in Ruhe«, brummt Jonas und funkelt Heinz so lange böse an, bis der den Kopf einzieht, sich geschlagen gibt und zurück an seinen Platz in der ersten Reihe huscht. Dann widmet Jonas sich Paul und stößt mit der Hand unsanft gegen seine Brust. »Und jetzt zu dir, angeblich bester Freund. Wenn du mich und Chloé nicht sofort in Ruhe lässt, dann erzähle ich jedem, dass du neulich im Unterricht gepupst hast und gesagt hast, es war Heinz.«

»Und ich, dass du neulich vor dem Sportunterricht vergammelten Leberkäse verdrückt hast, dir übel geworden ist und du in die Umkleidekabine der Mädchen gekotzt hast.«

»Genug jetzt!«, ruft Ernst, der hinter mir aufgetaucht ist. Auch wenn sein Auftritt vorhin im Bus ziemlich merkwürdig war, jetzt bin ich froh, dass er hier ist. Vielleicht schafft er es, diese beiden Wahnsinnigen zur Vernunft zu bringen. Langsam wird mir die ganze Sache echt unheimlich, außerdem hätte ich noch gerne ein paar ruhige Minuten vor der ersten Stunde, um ungestört mein Sandwich zu verputzen.

»Misch dich nicht ein, Fröhlich.« Paul und Jonas werfen Ernst einen abschätzigen Blick zu. »Chloé entscheidet sich nämlich gerade, wer von uns ihr neuer fester Freund wird.«

»Keiner von euch beiden Pappnasen«, knurrt Ernst und stellt sich schützend vor mich.

»Danke, Ernst«, murmle ich und rutsche auf dem Stuhl immer weiter nach unten, weil mir die ganze Sache echt peinlich wird. Auch wenn es vorhin im Bus komisch zwischen uns war, auf meinen besten Kumpel Ernst ist wenigstens immer Verlass.

Doch Ernst hört mich gar nicht. Wutentbrannt funkelt er die beiden an. »Chloé ist meine älteste Freundin, und wenn jemand ihr neuer fester Freund wird, dann ja wohl ich.«

Wa… was?

Inzwischen hat sich ein ganzes Grüppchen um meinen Tisch gebildet. Meine Mitschüler sehen überrascht zu, was hier vor sich geht. Angesichts Ernsts plötzlichen Geständnisses werfen mir Katja und Melanie erstaunte Blicke zu, während Pauline ein Gesicht macht, als würde sie am liebsten heulend aufs Klo flüchten. Oje! Wie es aussieht, ist sie immer noch bis über beide Ohren in Ernst verknallt.

»Genug jetzt!«, rufe ich und springe auf. »Was ist denn nur los mit euch Jungs? Noch vor Kurzem habt ihr beiden mich keines Blickes gewürdigt und gelästert, weil wir Mädchen ständig gemeinsam aufs Klo gehen. Und jetzt plötzlich wollt ihr euch bei mir einschleimen?«

»Ich weiß auch nicht, was in die beiden Hohlköpfe gefahren ist«, flüstert mir Ernst ins Ohr. Scheinbar fühlt er sich nicht angesprochen. Dann beginnt er, an meinem Hals zu schnuppern. »Hm … Chloé, hat dir schon mal jemand gesagt, dass du nach Erdbeeren riechst?«

»Iggggh. Was tust du da, Ernst? Weg von mir!« Schnell gehe ich auf Abstand. »Ich verstehe das nicht. Gestern hast du noch felsenfest behauptet, Verliebte hätten allesamt einen Sprung in der Schüssel und sähen die Welt durch die rosarote Brille, und jetzt bist du selbst über beide Ohren verknallt? Ausgerechnet in mich?«

Katja reißt die Augen auf. »Echt wahr? Ernst und Chloé? Urgh, das ist ja *widerartig*. Ihr seid doch wie Bruder und Schwester.«

Pauline wird immer blasser. »Und ich dachte, wir wären Freundinnen«, haucht sie in meine Richtung, dreht mir den Rücken zu und schiebt sich durch die Menge bis zur Klassentür. Aus den Augenwinkeln sehe ich, wie sie aus der Klasse stürmt, doch ich habe keine Chance mehr, ihr nachzulaufen. Unser Mathelehrer Herr Klaus betritt den Raum, löst unsere Versammlung auf und beginnt, die Hausübung vom letzten Mal zu vergleichen.

Während er die Lösungen an die Tafel schreibt und Ernst mir immer wieder Blicke zuwirft, glaube ich, in einem Albtraum gelandet zu sein. Einer Horrorvorstellung, in der vier Jungs davon überzeugt sind, dass ich das Mädchen ihrer Träume bin. Und ja, ich weiß, was ihr jetzt denkt – eigentlich klingt das gar nicht so schlimm. Doch wenn ihr in meiner Haut stecken würdet, mit drei schnulzigen Liebesbriefen in der Hand und einem völlig veränderten besten Freund, würdet ihr bestimmt anders darüber denken.

Und schnulzig sind sie allemal, denke ich mir, während ich sie unter dem Tisch aufreiße und überfliege. Paul will mich zu einem Hip-Hop-Konzert ausführen, während Jonas mich »Babe« nennt und mit mir im Stadtpark »chillen« will. Heinz hingegen will mich zum Finale der städtischen Mathe-Olympiade mitnehmen, die er schon drei Mal in Folge gewonnen hat. So unterschiedlich die Briefe auch sind, eines haben sie gemeinsam: Die drei Verfasser sind überzeugt, dass ich ihre absolute Traumprinzessin bin.

Was ich sicher nicht bin. Ich meine, ich, Chloé, bin nicht nur total schräg, ich bin auch nicht so schlau wie Melanie, nicht so schlagfertig wie Katja und nicht so hübsch wie Angelique. Warum zum Geier haben sich die drei also ausgerechnet mich ausgesucht?

Zu Beginn der Frühstückspause habe ich auf diese Frage immer noch keine Antwort. Aber weil ich nicht noch mal dasselbe durchmachen will wie am Morgen, beschließe ich, vor Ernst, Jonas, Paul und Heinz zu flüchten. Also mache ich es mir auf dem Klosofa unserer Mädchentoilette bequem, streichle Giovannis weiches Fell und versuche, eine Erklärung für diese komische Übernachtverliebtheit zu finden. Bis schließlich Melanie und Katja das Klo betreten und sich neben mich setzen.

»Ach, hier bist du! Na, geflüchtet vor deinen vielen Verehrern?«, zieht Katja mich auf.

»Eigentlich war ich auf der Suche nach Pauline. Aber sie will nicht mit mir reden. Sie denkt, ich hätte es auf Ernst abgesehen und will ihr das Herz brechen.« Ich stehe auf und ziehe mir einen Kaugummi aus dem Automaten. Meine Lieblingsgeschmacksrichtung Apfel-Zimt hilft immer, wenn ich schlechte Laune habe.

Katja unterzieht mich einer genauen Prüfung. »Dabei bist du doch gar nicht verknallt in Ernst, oder etwa doch?«

»Natürlich nicht.« Ich schüttle heftig den Kopf und lasse meine Kaugummiblase geräuschvoll zerplatzen.

»Das ist alles total verwirrend. Zuerst fand Waldemar mich richtig nett, und jetzt auch noch vier andere Jungs. Das ergibt doch gar keinen Sinn. Warum haben es denn alle auf mich abgesehen?«

»Stimmt doch gar nicht«, sagt Katja geheimnisvoll und grinst. »Andere Mädchen sind auch betroffen.«

Verblüfft sehe ich zu ihr hinab. »Ach was.«

Katjas Grinsen wird immer breiter. »Melanie und ich haben jetzt auch zwei Verehrer. Kannst du das glauben?«

»Wie bitte?« Vor Schreck verschlucke ich beinahe meinen Kaugummi. »Ist das wahr?«

Melanie nickt. »Wir haben die beiden gestern vor dem Jungsklo kennengelernt. Sie heißen Hans und Franz, gehen in die siebte Klasse und sind Zwillinge. Ist das nicht cool?«

Katja nickt. »Hans hat sich sogar meinen Namen auf den Oberarm tätowieren lassen.«

»Quatsch, das war kein Tattoo, sondern bloß Edding«, korrigiert Melanie und zieht ein Armband aus Gummi mit bunten Perlen hervor. »Dafür hat mir Franz vorhin in der Pause Schmuck geschenkt.«

»Schalt doch mal dein Hirn ein, Mel.« Katja zupft an dem Gummiband an Melanies Armgelenk. »Das stammt doch aus dem Kaugummiautomaten.«

»Immer noch besser als ein Filzstifttattoo.«

»Du bist doch bloß *neidversüchtig*!«

»Hört auf zu streiten«, unterbreche ich die beiden. »Erkennt ihr denn nicht, was hier los ist? Irgendwas passiert hier gerade mit den Jungs. Zuerst dachte ich, das wäre bloß Zufall. Aber jetzt, wo ihr auch betroffen seid …«

Melanie sieht mich plötzlich an, als hätte ich ihr Sandwich geklaut. »Warte mal. Willst du damit sagen, dass Hans und Franz gar nicht *wirklich* in uns verknallt sind?«

»Ich meinte doch bloß, dass womöglich noch mehr Mädchen betroffen sind und plötzlich über Nacht einen oder mehrere mysteriöse Verehrer bekommen haben«, erkläre ich vorsichtig. »Und dass es irgendeinen Grund geben muss, warum –«

Katja schnaubt. »Na, das ist ja wieder mal typisch. Du hast selbst vier Verehrer, fünf, wenn man deinen Traumprinzen Waldemar mitzählt, und uns gönnst du nicht mal einen? Du bist total *egoverliebt*, Chloé.«

»Was? Aber –«

»Was kann es denn sonst für einen Grund geben, Chloé?«, fragt jetzt auch Melanie nach und wirkt ziemlich verwirrt.

Um ehrlich zu sein, mir geht es ähnlich, und ich kann Melanie und Katja nicht erklären, warum mich so ein komisches Gefühl beschleicht. Ich habe keine Ahnung, warum ich denke, was ich denke, und doch denke ich, dass das, was ich denke, denkbar wäre. Macht das irgendeinen Sinn? Vermutlich nicht.

Wie auch immer. Eins kann ich euch versprechen, Leute. Ich werde herausfinden, welches Geheimnis dahintersteckt. Warum sich Ernst, Jonas, Heinz und Paul, und vermutlich auch Melanies und Katjas Verehrer, benehmen wie liebeskranke Schafe. Und ich weiß auch schon ganz genau, wer mir dabei helfen wird.

# Liebescoach Angelique

Ich verstehe dein Problem. Und kannst du mir sagen, wie du dich dabei fühlst?«, säuselt Angelique, zückt ihren Glitzerkuli und lässt die Plastikbrille, die sie sich für Fasching gekauft hat, auf ihre Nase gleiten.

Der heutige Unterricht ist längst zu Ende, also habe ich Zeit, Angelique in Sachen »Projekt Amors Pfeil« um Rat zu bitten – so nenne ich nämlich die mysteriösen Vorkommnisse rund um die Spontanverliebtheit von Jonas, Paul, Heinz und Ernst. Nun sitzt sie mir gegenüber auf dem roten Klosofa, löchert mich mit Fragen und schreibt dabei unentwegt in ein pinkes Notizbuch mit Einhornmotiv.

»Wie ich mich dabei fühle? Mies! Ich dachte, es wäre aufregend, wenn man viele Verehrer hat!«, rufe ich und lasse mich rücklings auf das Sofa fallen. »Stattdessen kommt es mir so vor, als hätte jemand den Jungs einen Liebeschip ins Hirn implantiert.«

»Interessant«, sagt sie nur und macht sich noch mehr Notizen.

»Interessant?«, wiederhole ich. Was schreibt Angelique da eigentlich die ganze Zeit in ihr pinkes Notizbuch? Ich würde zu gerne einen Blick darauf werfen. »Angelique, hör endlich auf, so zu tun, als wärst du eine Seelenklempnerin, und gib mir einen brauchbaren Ratschlag!«

Jetzt legt Angelique ihr Notizbuch zur Seite und funkelt mich verärgert an. »Also entschuldige mal, Chloé, ich bin ein Vollprofi und versuche, auf die Ursache deiner Probleme zu kommen. Außerdem geht meine Mama regelmäßig zum Psychiater, darum weiß ich, wie das gemacht wird. Als Psychiater muss man einfach nur nicken und so tun, als machte man sich Notizen.«

»So tun? Also schreibst du gar nicht mit, was ich erzähle?«

»Nö.« Sie zeigt mir die Innenseiten ihres Büchleins. »Ich zeichne Einhörner.«

Entrüstet springe ich auf. Wenn Angelique eine echte Psychiaterin wäre, würde ich glatt mein Geld zurückverlangen. Zum Glück will sie immer noch Schauspielerin werden. »Heißt das, du hast mir gar nicht richtig zugehört?«

Jetzt ist es Angelique, die entrüstet guckt. »Natürlich habe ich das, Chloé. Und ich bin auch schon zu einem Ergebnis in deinem Fall gekommen. Willst du es hören?«

»Natürlich!« Ich bin zum Zerreißen gespannt. »Und das sagst du mir erst jetzt?«

»Nicht so eilig, Chloé. Ein guter Lovecoach wie ich braucht nun mal Zeit.« Angelique verdreht die Augen. »Lass uns noch mal rekapitulieren.«

»Rekapitu… was?«

»Wiederholen«, knurrt Angelique genervt. »Also, begonnen hat alles heute früh, nicht wahr? Gestern haben sich Heinz, Jonas, Paul und Ernst noch komplett normal verhalten.«

Ich nicke. »Ernst hat mich vor dem Jungsklo sogar noch mächtig aufs Korn genommen, weil ich Waldemar begegnet bin und dabei ziemlich nervös geworden bin.« Ich überlege. »Und auch Jonas, Paul und Heinz sind mir gestern beim Apfelstand begegnet und haben mich kaum beachtet.«

»Du hast sie also alle gestern getroffen, oder?«

»Ja. Beim Apfelstand vor dem Jungsklo.«

»Dann komm mal mit. Ich muss dir was zeigen.« Kurzerhand springt Angelique auf, nimmt meine Hand und führt mich aus dem Mädchenklo.

»Wo gehen wir hin?«, will ich wissen.

»Wirst du schon sehen.«

Wir laufen nebeneinanderher, bis wir schließlich vor dem Jungsklo halten. Der Stehtisch, von dem aus ich gestern die Äpfel verteilt habe, ist immer noch an Ort und

Stelle und mich überkommt sofort ein schlechtes Gewissen. Bleibt zu hoffen, dass Direktor Oberhäusl nicht annimmt, ich würde nun bis in alle Ewigkeit Äpfel vor dem Jungsklo verteilen.

»Hier bist du gestanden, ja?«, fragt Angelique und deutet hinter den Tisch.

Ich nicke.

»Und wo waren die Jungs? Kamen sie aus dem Jungsklo oder gingen sie einfach so an dir vorbei?«

Ich deute auf die Klotür. »Nein, nein, sie kamen da raus, schnappten sich einen Apfel, warfen mir einen kurzen Blick zu und sind danach verschwunden. Ernst blieb noch etwas länger, um mich wegen Waldemar aufzuziehen, aber diese Geschichte kennst du ja.« Ich halte inne. »Warte mal, glaubst du etwa, die Äpfel haben was damit zu tun? Du denkst doch nicht etwa, dass das gestern … *magische* Äpfel waren? Wie bei Schneewittchen?«

»Ich rede nicht von den Äpfeln«, sagt Angelique lachend und stößt kurzerhand die Tür zum Jungsklo auf.

»Spinnst du? Wir dürfen da gar nicht rein.«

»Na und?« Sie hält mir die Tür auf. »Wie oft war Ernst schon auf dem Mädchenklo? Außerdem ist es schon später Nachmittag, wir sind bestimmt die Einzigen hier.«

Ich gebe mir einen Ruck, folge Angelique und sehe mich um. Alles hier drin sieht noch immer so neu aus wie auf der Einweihungsfeier, nichts ist beschädigt. Offenbar ha-

KAU
GUMMI

ben die Jungs gut auf ihr Jungsklo aufgepasst – der Tischfußballtisch hat nicht mal einen Kratzer und die Dartscheibe sieht auch gut aus. Selbst der Kaugummiautomat wurde nicht, wie man eigentlich erwarten könnte, komplett geplündert, sondern ist immer noch halb voll.

»Angelique, was tun wir hier?«, frage ich und behalte die Tür im Blick. Hoffentlich überrascht uns kein Junge hier – der würde bestimmt sofort petzen, dass sich zwei Mädchen heimlich hier reingeschlichen haben.

»Wir sehen uns um«, erklärt Angelique. Sie schreitet die Waschtische ab, prüft den Seifenspender, dreht die Wasserleitung auf und ab und kontrolliert die einzelnen Toilettenkabinen.

»Und wonach suchen wir? Nach Zeugnissen, die ins Klo gestopft wurden? Oder nach einer Rolle Klopapier, wo das abgerissene Blatt hinten von der Rolle hängt?«, kichere ich.

Angelique guckt mich verdattert an. »Also bei uns zu Hause hängt das abgerissene Blatt immer hinten von der Rolle.«

»Was? Aber dann hängt euer Klopapier verkehrt herum. Das abgerissene Blatt muss nach vorne zeigen«, sage ich.

»Nach hinten!«

»Nach vorne. Eures hängt verkehrt herum!«

Angelique verdreht entnervt die Augen. »Wer bestimmt das eigentlich? Der internationale Toilettenguide? Oder der Bundespräsident?«

»Niemand. Und ich meine nicht den Hausmeister«, erkläre ich ihr. »Das weiß man einfach. Wenn das Blatt nach hinten zeigt, hängt die Rolle verkehrt.«

»Du spinnst.«

»*Du* spinnst.«

Für einen Augenblick werfen Angelique und ich uns knallharte Blicke zu, bis wir schließlich mitten in der Klokabine in lautes Gelächter ausbrechen. Ich muss so laut lachen, dass mir zunächst gar nicht auffällt, dass die Klobrille in der letzten Kabine nicht zu den anderen passt.

»Hey, Angelique«, sage ich schließlich. »Schau dir mal diese Klobrille an. Sieht die nicht genauso aus wie die, die Direktor Oberhäusl neulich geschenkt bekommen hat?«

Angelique kneift die Augen zusammen und betrachtet die rosarote Klobrille, die auf der weißen Porzellanschüssel montiert wurde. »Du meinst ... Casanovas Klobrille?«

»Genau die.« Unsicher starre ich die hölzerne Klobrille an. »Aber warum sollte sich dieses wertvolle, jahrhundertealte Ding ausgerechnet auf dem Jungsklo befinden?«

»Weil Direktor Oberhäusl wohl nicht an ihre Wirkung glaubt«, antwortet sie. »Er hat sie Heikos Vater geschenkt.«

»Kein Mensch glaubt an ihre Wirkung. Eine uralte Klobrille einer historischen Persönlichkeit, die der Legende nach auch noch Liebe verbreiten soll? Das ist nichts als –«

»Die Lösung!«, ruft Angelique.

»Was?«

»Das ist die Lösung.« Angelique packt mich an den Schultern und sieht mir tief in die Augen. »Die Klobrille ist daran schuld, dass so viele Jungs neuerdings verliebt sind. Die hat die Jungs verhext.«

»Sag mal, Angelique, bist du krank? Hast du wieder einen deiner grünen Smoothies getrunken?« Instinktiv greife ich ihr an die Stirn. »Du faselst wirres Zeug.«

»Aber es ist die Wahrheit. Davon bin ich überzeugt.«

»Ach so? Mal angenommen, diese lächerliche Theorie stimmt – warum sind dann nicht *alle* Jungs unserer Schule unsterblich verknallt?!«, frage ich sie.

»Na, weil eben nicht *jeder* auf der rosa Klobrille gesessen hat«, erklärt sie mir, als wäre ich diejenige mit dem Sprung in der Schüssel. »Ein paar Jungs saßen auch auf den anderen Brillen und nicht auf … der Klobrille der Liebe.«

Klobrille der Liebe? Ich muss mich beherrschen, um nicht lauthals loszulachen. »Das glaubst du doch nicht wirklich.«

Angelique verschränkt die Arme. »Hast du eine bessere Erklärung?«

»Jede andere Erklärung ist eine bessere Erklärung als eine magische Klobrille. Vielleicht liegt es … an einer besonderen Mondphase. Gestern Nacht war doch Vollmond, nicht wahr? Mama sagt immer, Mondphasen haben Einfluss auf das Verhalten der Menschen.«

Angelique verdreht die Augen. »Also hältst du einen magischen Mond für wahrscheinlicher als eine magische Klobrille?«

»Ja.«

»Blödsinn.«

»Außerdem ergibt deine Geschichte gar keinen Sinn. Warum sind die Magische-Klobrillen-Sitzer dann alle in *mich* verknallt? Und nicht in dich?«

»Um sich in *mich* zu verknallen, braucht man keinen Zauber. In mich verknallt man sich auch so«, sagt sie ausweichend und betrachtet selbstverliebt ihre Fingernägel.

Irgendwie hatte ich diesen Spruch erwartet. »Beantworte meine Frage, Angelique.«

»Vielleicht, weil du direkt vor dem Klo gestanden hast, Chloé?« Angelique macht ein Gesicht, als wäre sie von ihrem eigenen Geistesblitz überrascht worden. »Zuerst saßen sie auf der Brille, und dann haben sie unmittelbar danach dich gesehen … kaboom! Und schon schlägt sie zu, die Magie Casanovas.«

Ich lasse Angeliques Worte in meinen Kopf sickern. So abgefahren das alles klingt, auf wundersame Weise ergibt alles Sinn. »Sie haben sich in mich verliebt, weil ich das erste Mädchen war, das sie nach dem Besuch von Casanovas Klobrille gesehen haben.«

Angelique strahlt. »Exakt! Na endlich stimmst du mir zu.«

»Ich habe nicht gesagt, dass ich dir zustimme.«

»Solltest du aber. Und wenn du mir nicht glaubst, kannst du immer noch Ernst und deine anderen Verehrer fragen, ob sie montags rein zufällig der rosafarbenen Klobrille einen Besuch abgestattet haben.« Sie zwinkert mir zu. »Und jetzt muss ich los, ich gehe heute mit Mama shoppen. Die Rechnung für meine Beratung lasse ich dir zukommen, hihi.«

Sie haut ab? Und lässt mich mit dieser seltsamen Theorie alleine? »Aber Angelique –«

»Wir quatschen morgen weiter«, vertröstet sie mich und zieht die Tür zum Flur auf, bereit zu verschwinden.

»Aber was … was soll ich jetzt tun?«, stammle ich hilflos.

»Spaß haben.« Angelique zwinkert mir zu. »So viele Verehrer auf einen Schlag wirst du so schnell nicht noch einmal haben. Also lass dich auf ein Stück Kuchen oder ein Eis einladen. Das würde *ich* jedenfalls tun.«

Während Angelique fröhlich vor sich hin summend das Klo verlässt, lehne ich mich gegen das Waschbecken, weil meine Beine plötzlich zittern. Als Angelique meinte, ich solle mich auf ein Eis einladen lassen, musste ich plötzlich an Waldemar denken.

Waldemar. Der sich das ganze Wochenende über nicht bei mir gemeldet hat. Waldemar, der allerdings superfreundlich war, nachdem er mich Montagmorgen vor dem Klo entdeckt hat. Nachdem er … nachdem er die rosarote Klobrille benutzt hat.

Mir ist plötzlich ganz schummrig, während ich mir Angeliques Theorie wieder und wieder durch den Kopf gehen lasse. Ich habe also eine Handvoll Verehrer, bedingt durch eine besondere Klobrille, die ihnen zuvor das Hirn vernebelt hat und ihnen Gefühle vortäuscht, wo gar keine sind.

Und Waldemar ist womöglich einer von ihnen.

# EnzyKLOpädie

Kloweisheit #17:

Europas höchstes WC steht auf 4260 Metern kurz unterhalb der Spitze des Mont Blanc. Die Häuschen entlang der Aufstiegsroute wurden nötig, damit die bis zu 30000 Bergsteiger pro Jahr ihre großen und kleinen Geschäfte nicht mehr im Schnee verrichteten. Der Aufbau kostete 145000 Euro. Der Inhalt der Toiletten wird jeweils am Ende des Sommers per Helikopter abtransportiert.

# Ernsthaft verliebt

Okay, ich weiß, was ihr jetzt denkt. Ihr denkt, ich habe einen ziemlichen Knall, weil ich Angeliques Geschichte glaube. Ihr wisst schon, Casanovas Klobrille, magische Kräfte, wer darauf gesessen hat, verliebt sich in das erste Mädchen, das er sieht – diese ganze Story. Aber wenn ihr auch nur einen Tag in meiner Haut stecken würdet, käme euch die ganze Theorie gar nicht mehr so abwegig vor. Inzwischen haben wir Mittwochnachmittag, Katja, Angelique und Melanie sind bei mir zu Hause und anders als sonst reden wir diesmal nicht über das Liebeschaos an der Schule, sondern brüten seit Stunden über Matheaufgaben. Weil unser Mathelehrer Herr Klaus für Freitag eine Mathearbeit angesetzt hat, büffeln wir, was das Zeug hält. Vor lauter Liebeswirren habe ich nämlich in den letzten Unterrichtsstunden kaum aufgepasst und bin nun auf Melanies Hilfe angewiesen.

Wir stecken gerade in einer quadratischen Gleichung, da hören wir ein Klirren am Fenster. Erst eins, dann noch eins.

»Hat's draußen zu hageln begonnen?«, fragt Melanie und lässt den Stift sinken.

»Das ist die drohende Apokalypse vor dem Mathetest«, sagt Katja. »Vielleicht haben wir ja Glück und bis Freitag geht die Welt unter. Dann müssen wir keine Mathearbeit schreiben.«

»Quatsch.« Ich laufe ans Fenster und blicke nach unten. Im Garten ist niemand, doch dann fällt mein Blick auf die alte Buche neben meinem Fenster – und ich sehe Jonas und Paul im Geäst sitzen. Offenbar sind sie auf den Baum geklettert und werfen von dort Kieselsteine an mein Fenster. Wie komisch. Die beiden waren noch nie bei mir zu Hause. Was in aller Welt wollen die beiden hier?

Ich öffne das Fenster und lehne mich hinaus. »Sagt mal, seid ihr verrückt geworden?«

»Ja, wir sind verrückt!«, schreit Jonas zurück. »Verrückt nach dir!«

Ich verdrehe die Augen und denke schon wieder an die magische Klobrille und Angeliques Theorie. Unweigerlich wandern meine Gedanken jetzt auch zu Waldemar und dieses scheußliche Gefühl im Magen kehrt wieder zurück. Dasselbe Gefühl, das ich gestern auf dem Jungsklo gespürt habe, als mir zum ersten Mal der Verdacht kam, Waldemar wäre nichts als ein weiteres Opfer der Klobrille. Schnell schiebe ich den Gedanken beiseite.

»Wir haben jetzt keine Zeit, mit euch im Garten rumzuhängen«, antworte ich. »Wir lernen gerade Mathe.«

»Perfekt«, antwortet Jonas, hüpft schwungvoll vom Baum herunter und landet auf dem Rasen vor unserem Haus. »Wir haben dir nämlich etwas mitgebracht, das dir das Lernen versüßen wird.«

Melanie schüttelt vehement den Kopf. »Das ist ein Streich, Chloé. Mach auf keinen Fall die Tür auf, hörst du?«

»Das ist bestimmt kein Streich, Melanie«, widerspricht Angelique. »Hast du etwa vergessen, dass die beiden unter einem ziemlich starken Liebeszauber stehen? Die Klobrille hat dafür gesorgt, dass Jonas, Paul und auch Ernst und Heinz über beide Ohren in Chloé verknallt sind. In ihrem jetzigen Zustand würden sie ihr niemals Streiche spielen.«

Katja lässt den Stift sinken. »Du glaubst doch nicht wirklich an die schräge Klobrillentheorie, die mir Chloé erzählt hat, oder doch?«

»Natürlich.« Angelique verschränkt die Arme. »Außerdem ist das keine *schräge* Theorie, sondern eine äußerst plausible!«

»Na fein, ich mache den Jungs die Tür auf«, gebe ich mich geschlagen. Sie draußen stehen zu lassen wäre ziemlich unhöflich, Liebeszauber hin oder her. »Wir können ohnehin eine Pause gebrauchen.«

Unten an der Haustür warten Jonas und Paul. Paul trägt wieder ein körperbetontes Shirt und Jonas wirkt heute viel weniger pickelig als sonst. Hat er etwa die Abdeckcreme seiner Schwester aufgetragen?

Außerdem haben die beiden tatsächlich ein Geschenk für mich mitgebracht – und zwar einen Schuhkarton. Einen klitzekleinen Moment lang befürchte ich, Melanie hätte recht gehabt und mein Präsent ist nichts weiter als ein Paar stinkende Sportschuhe, doch als ich den Deckel öffne, entdecke ich keine Käselatschen, sondern eine Schokoladentorte in Herzform. Der Kuchen sieht ziemlich üppig aus, so als hätten die Jungs mindestens zehn Familienpackungen Nutella darin verarbeitet.

»Tataaaa!«, macht Paul und überreicht mir die Torte. »Wir haben das Ding zusammen gebacken, um dir eine Freude zu machen, Chloé. Das heißt, ich habe das meiste davon gemacht, Jonas hat nur den übrigen Teig aufgegessen.«

»Gar nicht wahr«, wehrt sich Jonas. »Ich habe die Zutaten gekauft.«

»Du Depp hast Cola und Chips gekauft und wolltest damit eine Torte backen. Schon vergessen?«

Ugh. Ich bin mir plötzlich gar nicht mehr so sicher, ob ich die Torte tatsächlich essen möchte, so lecker sie auch auf den ersten Blick ausgesehen hat. »Da … da sind jetzt aber keine Chips und keine Cola drin, oder?«

»Natürlich nicht«, versichert mir Paul und lächelt. »Ich dachte, du magst Nutella bestimmt lieber als die komischen Zutaten, die Jonas ausgesucht hat.«

»Außerdem wollten wir unsere Mitbewerber Heinz und Ernst abhängen, ist ja klar«, fügt Jonas hinzu.

»Ernst? Wer wagt es, über mich zu lästern, wenn ich nicht dabei bin?« Bevor ich mich's versehe, taucht auch schon Ernst höchstpersönlich hinter Jonas' und Pauls Rücken auf. Er hat nicht nur ein T-Shirt an, auf dem mein Name steht, sondern hat zusätzlich auch noch mit Filzstift die Worte »Ich liebe« danebengekritzelt. Jetzt steht da *Ich liebe Chloé*, und ich weiß wirklich nicht, wie ich das finden soll.

»Mann, Fröhlich, was tust du denn hier?« Paul scheint nicht besonders erfreut zu sein, Ernst zu sehen. »Solltest du nicht irgendwo ein dämliches YouTube-Video drehen? Von Opas, die auf Bananenschalen ausrutschen? Oder von sich paarenden Eichhörnchen?«

Paul nickt. »Genau. Und was soll dieses peinliche Shirt da eigentlich? Also wirklich, wenn man so schlaksig ist wie du, sollte man wirklich keine engen Shirts tragen.«

»Wo hast du dieses Teil denn her?«, will ich wissen.

»Das ist von meiner Mum«, erklärt Ernst. »Ihr kennt bestimmt die Nobelmarke *Chloé* aus Frankreich?«

»Natürlich kenne ich die Marke«, antworte ich. Ich habe tatsächlich schon gehört, dass es eine Modemarke gibt, die so heißt wie ich. Leider besitze ich keins der Stücke, weil sie, wie Mama sagt, unverschämt teuer sind und kein Mensch ein T-Shirt kaufen sollte, das fünfhundert Euro kostet.

»Meine Mama hat es vor Jahren in Paris gekauft, aber ich habe es mir ausgeliehen und mit Filzstift etwas … verbessert«, erzählt Ernst weiter. »Gefällt's dir? So weiß jeder, der mich sieht, wer das hübscheste Mädchen weit und breit ist.«

»Ernst, deine Mutter wird dich umbringen.« Katja wirkt entsetzt. »Hoffentlich kriegt man den Filzstift beim Waschen wieder raus.«

»Hoffentlich nicht.« Ernst grinst. »Ich werde dieses T-Shirt nämlich niiiiieee wieder ausziehen.«

»Irks!« Melanie verzieht das Gesicht. »Dann sieh bitte zu, dass du demnächst einen Bogen um uns machst.«

»Um dich gerne, Melanie. Aber niemals um Chloé. Sie ist einfach das tollste Mädchen der Welt. Toller als Eiscreme!«, sagt Ernst.

»Toller als Schulferien«, sagt Jonas.

»Toller als Tomatensaft mit Kohlblättern«, sagt Paul.

Melanie, Katja, Angelique und ich starren ihn an. »Igitt, Tomatensaft. Paul, bist du etwa schwanger?«, platzt Angelique heraus.

»Tomaten und Kohl sind super, wenn man so sportlich ist wie ich«, behauptet Paul und spannt die Oberarmmuskeln an. »Gibt Vitamine und Energie.«

»Ihr Jungs solltet besser gehen«, unterbreche ich Paul. Ich fühle mich plötzlich unwohl angesichts der vielen Aufmerksamkeit, die ich heute bekomme. Das bin ich gar nicht gewohnt.

Ernst wirkt verletzt. »Aber warum denn? Wir sind gerade erst angekommen!«

Ich habe das dringende Gefühl, dass die Jungs die Wahrheit hören sollten. »Ihr seid alle gar nicht *wirklich* verliebt in mich. Es ist nur ein blöder Fluch. Eine mysteriöse Klobrille, die das alles verursacht hat«, mache ich ihnen klar. Niedergeschlagen gebe ich Jonas und Paul die Schuhschachtel mit der Torte darin zurück. »Die kann ich nicht annehmen.«

»Chloé! Bist du *verrücktsinnig*?« Katja wirkt entsetzt. »Die Torte sieht echt lecker aus! Außerdem sage ich es dir noch mal: Es gibt keinen Klobrillenzauber!«

»Gibt es doooohoooch«, beharrt Angelique.

»Du glaubst doch auch, dass es Einhörner gibt«, knurrt Katja.

»Na schön, ich werde dir beweisen, dass der Klobrillenfluch wirklich existiert. Ich habe nämlich eine Idee«, erklärt Angelique geheimnisvoll. Dann flüstert sie mir, Katja und Melanie ins Ohr: »Morgen, nach der Schule, vor dem Jungsklo. Dann werdet ihr sehen, dass ich recht habe.«

Am nächsten Nachmittag, um siebzehn Uhr, schleichen wir auf Angeliques Geheiß noch mal auf das Jungsklo. Diesmal ist sogar Pauline mit von der Partie. Sie ist zwar immer noch sauer, weil Ernst in mich verknallt ist, trotzdem will sie wissen, ob an Angeliques Theorie was dran ist.

»Da ist sie«, sagt Angelique und deutet auf die rosarote Klobrille in der letzten Kabine. Der Deckel ist zu, und bis auf die paar abgeschlagenen Stellen im rosa lackierten Holz sieht das Ding aus wie jede andere Klobrille, die auf einer Porzellanschüssel befestigt wurde. Ganz und gar nicht magisch.

»Und was machen wir jetzt?«, frage ich.

»Wir ziehen uns Gummihandschuhe über«, erklärt Angelique und holt ein Paar aus der Tasche. »Wollt ihr auch welche?«

»Wozu denn?«, wundere ich mich. »Etwa damit wir keine Fingerabdrücke am Jungsklo hinterlassen?«

»Quatsch. Wir sind hier doch nicht bei der Kripo. Die Gummihandschuhe sind doch wegen der ganzen ekeligen Jungsbakterien«, schnaubt Angelique und lässt die Gummihandschuhe schnalzen. Dann fasst sie vorsichtig den Rand der Klobrille an. »Hm. Die Brille ist noch warm. Scheint, als hätte erst kürzlich jemand darauf gesessen.«

Pauline sieht sich um. »Soll das heißen … dieser Jemand von vorhin läuft jetzt gerade einem anderen Jemand über den Weg und … verliebt sich? Ganz egal, ob es eine Schülerin, eine Lehrerin oder die dicke Köchin aus der Schulkantine ist, die er zuerst trifft?«

Angelique nickt. »So in etwa.«

»Megaschräge Theorie«, stellt Pauline fest. »Die hast du doch nicht nur erfunden, damit ich nicht länger sauer auf Chloé bin?«

»Natürlich nicht.« Angelique wirkt entrüstet. »Und ich werde es euch beweisen. Hier und jetzt und heute.«

Katjas Interesse scheint geweckt. »Und wie, Blondie?«

»Hiermit.« Mit spitzen Fingern zieht Angelique die Klopapierrolle von der Halterung. »Beweisstück A. Diese Rolle mit Comics und Rätseln darauf. Die Jungs sind verrückt danach und lieben es, die Rätsel während der Sitzung zu lösen. So sehr, dass es inzwischen eine zweite, weiße, unbedruckte Rolle gibt. Du weißt schon, für den *wahren* Gebrauch. Heiko hat mir davon erzählt.«

»Ist ja nur logisch«, stimmt Katja zu und untersucht den Kugelschreiber, der neben der Rolle an einer Schnur von der Decke baumelt. »Warum sollten die Jungs ihre Comicrolle für, na ja, ihr wisst schon was, verwenden? Die ist doch viel zu cool, um im Klo zu landen. Allerdings verstehe ich nicht, wie uns eine Klopapierrolle helfen soll, hinter das Geheimnis der liebeskranken Jungs zu kommen.«

»Na, das liegt doch auf der Hand, Katja.« Angelique hält ihr die vollgekritzelte Klopapierrolle unter die Nase. »Wir können aufgrund der ausgefüllten Rätsel auf der Rolle wunderbar nachvollziehen, wer alles auf dieser Brille gesessen hat.«

»Keine schlechte Idee«, lobe ich sie und nehme Angelique die Rolle aus der Hand. Langsam und vorsichtig rolle ich das Papier ab. »Hier, seht nur, diese Rätsel sind erst kürzlich ausgefüllt worden. Wenn man davon ausgeht, dass wirklich jeder Junge bei seinem Klobesuch hier etwas hinterlässt –«

»Uaaagh«, macht Angelique und hält sich die Ohren zu. Bei allem Ekeligen rund um die Toilette bekommt sie immer furchtbaren Brechreiz.

»Ich meinte, Gekritzel auf der Rolle hinterlässt«, korrigiere ich schnell. »Und wir annehmen, dass ungefähr … hundert Jungs pro Tag dieses Klo benutzen, immerhin gibt es zehn Pausen zu je zehn Minuten, also sagen wir mal, im Schnitt zehn Jungs pro Tag –«

»Dann müssten wir doch eigentlich irgendwo auf der Rolle Ernsts Handschrift finden«, fasst Pauline zusammen. »Und womöglich auch die von Jonas, Heinz und Paul.«

»Volltreffer.« Angelique grinst über beide Ohren. Wie es aussieht, ist sie ziemlich stolz, dass wir ihren Plan verstanden haben. »Dann haben wir Gewissheit, dass *alle* deine Verehrer in den letzten Tagen auf der Klobrille gesessen haben. Und dass die Sache mit dem Klobrillenzauber stimmt.«

Alles in mir spannt sich an, während Pauline die Einträge überprüft. Wenn tatsächlich jeder meiner Verehrer zuvor auf der Klobrille gesessen hat, dann ist es wahrscheinlich, dass Angeliques Theorie, und mag sie noch so unglaublich sein, der Wahrheit entspricht. Dass mindestens sechs Jungs unserer Schule, vermutlich sogar mehr, Casanovas Liebeszauber unterliegen. Sieben, wenn man Waldemar mitzählt. Mir wird plötzlich ganz flau.

»Das ist Ernsts Schrift«, stellt Pauline fest. »Er macht manchmal statt i-Punkten kleine Spiralen. Ist das nicht niedlich?«

»Und das ist Pauls«, sagt Katja. »Diese Sauklaue würde ich unter allen Schriftarten der Welt erkennen.«

»Und last, but not least, Jonas«, meldet sich Melanie zu Wort und deutet auf eine weitere Stelle auf dem Klopapier. »Lauter Rechtschreibfehler, und mehr als die Hälfte der Rätsel ist falsch gelöst.«

»Seht ihr?« Vor Freude hüpft Angelique in die Luft. »Ich habe recht gehabt. Ach, ich liebe es, wenn ich recht habe.«

Katja sieht unglücklich aus. »Wenn es also wirklich stimmt, dann … dann sind wohl auch Hans und Franz vom Liebesvirus befallen«, murmelt sie. Doch schon im nächsten Moment zuckt sie gleichgültig mit den Schultern. »Aber ich konnte Hans sowieso nicht leiden. Hat ständig gerülpst, wenn er dachte, ich höre ihn nicht.«

»Und Franz war in etwa so schlau wie ein Kartoffelsack«, gibt Melanie zu. »Er wäre eh nicht der Richtige gewesen.«

Ich blicke in die Runde und kann es kaum glauben. Offenbar sind alle meine Freundinnen davon überzeugt, dass an der Sache mit Casanovas Klobrille etwas dran sein muss. Ob sich wohl auch Waldemar auf der Rätselklopapierrolle verewigt hat? Wenn ich nur wüsste, wie seine Handschrift aussieht, dann könnte ich es überprüfen. Allerdings – *war* er neulich überhaupt auf der Toilette, als ich ihm am Apfelstand begegnet bin? Konnte er nicht einfach nur vorbeigelaufen sein, ohne die Toilette benutzt zu haben und von der rosaroten Brille verzaubert worden zu sein?

Aber warum hat er sich dann das ganze letzte Wochenende nicht gemeldet? Und erst als Herr Niemand die Klobrille getauscht hat, Interesse an mir gezeigt? Herrje, mein Hirn droht zu explodieren. Dabei sollte es doch mit ganz anderen Dingen beschäftigt sein – zum Beispiel mit Mathe.

»Alles in Ordnung, Chloé?«, fragt Pauline und legt ihre Hand auf meine Schulter. »Ist es wegen mir? Tut mir echt leid, dass ich sauer auf dich war.«

»Das ist es nicht«, schniefe ich. »Obwohl ich schon glücklich bin, dass wir wieder Freundinnen sind.«

»Es ist wegen Waldemar. Dem Klojungen«, rät Angelique und trifft damit voll ins Schwarze.

»Er ist kein Klojunge«, knurre ich beleidigt.

Angelique grinst. »'tschuldigung, *Mobilklo*-Junge.«

»Oh.« Pauline wirkt erschrocken. »Du denkst doch nicht, dass er auch unter dem Einfluss von Casanovas Brille steht, oder?«

»Doch. Warum zum Geier hat er sich sonst übers Wochenende nicht die Bohne für mich interessiert?« Der ganze Frust, der sich wegen dieser bescheuerten Klobrillenmagie in mir angestaut hat, bricht nun aus mir heraus und eine Träne kullert mir über die Wange. »Ich habe es wirklich satt. Da verliebe ich mich einmal in einen Jungen und dann kommt mir deine doofe Klobrillentheorie dazwischen, Angelique!«

»Also jetzt bleib mal cool, Chloé. Ich bin nicht schuld, dass der Direktor eine magische Klobrille als Geschenk bekommen hat.« Angelique verdreht die Augen. »Dafür solltest du schon Ernsts Mutter die Schuld geben.«

»Ernsts Mutter!« Pauline wirkt, als hätte sie gerade einen Geistesblitz gehabt. »Könnt ihr euch erinnern, dass sie von einer alten Pergamentrolle abgelesen hat, die mit der Klobrille gemeinsam an den Direktor überreicht wurde?«

Katja überlegt. »Stimmt. Da stand, dass die Klobrille Casanova gehört hatte und dass sie Liebe verbreitet …«

»Vielleicht steht da auch, wie man den Zauber rückgängig macht«, fällt mir plötzlich ein. »Wir müssen diese Rolle finden. Oberhäusl hat die Brille inklusive Begleitbrief Herrn Niemand geschenkt. Er muss sie haben.«

»Dann los«, beschließt Angelique. »Wir gehen zu Heiko. Dort suchen wir den Brief und dann sorgen wir dafür, dass dieser ganze Liebesspuk aufhört. Abgemacht?«

»Abgemacht«, sage ich, während ein klitzekleines zuversichtliches Lächeln über meine Lippen wandert. Auch wenn es Waldemars Gefühle nicht unbedingt echter macht – zumindest haben wir endlich mal einen Plan.

# Heikos Plan

»Seid gegrüßt, Vulkanier«, sagt Heikomir, als er uns die Tür zur Hausmeisterwohnung öffnet. Dabei macht er mit den Fingern den Vulkaniergruß: Zeige- und Mittelfinger zusammen, Ringfinger und kleiner Finger zusammen, bis in der Mitte ein großes V entsteht. »Ich schaue gerade eine Folge *Raumschiff Enterprise*. Die, in der die gesamte Crew auf dem Planeten Vulkan landet. Wollt ihr mitgucken?«

»Keine Zeit, Heiko«, erklärt Angelique, schiebt sich an ihm vorbei und bahnt sich ihren Weg in die Hausmeisterwohnung. In der Garderobe beginnt sie, sich durch alte Rechnungen zu wühlen, die dort auf einem Tischchen liegen. »Wir sind in dringender Mission hier. Du musst uns helfen, etwas zu finden.«

Jemand anders würde es bestimmt unhöflich finden, dass Angelique sich benimmt, als gehörte ihr alles hier.

Nicht so Heiko. »Aber natürlich«, säuselt er und wirft Angelique verliebte Blicke zu. »Für dich würde ich alles tun, Elbenprinzessin.«

»Och.« Pauline legt den Kopf schief und schiebt ihre Unterlippe vor. »Wenn Ernst nur genauso süß zu *mir* wäre. Wird Zeit, dass er erkennt, wer seine wahre Liebe ist. Einzig und allein ich!«

»Keine Sorge, Pauline. Sobald wir wissen, wie wir den Zauber stoppen können, sind wir einen Schritt weiter«, muntere ich sie auf. »Heiko, wir stören dich ja nur ungern während deiner Lieblingsserie, aber könntest du uns –«

»Mach Platz, Chloé.« Angelique drängt sich zwischen uns und packt Heiko an den Schultern. »Fernsehen ist nicht, Heiko! Das, was ich jetzt zu dir sage, ist superwichtig. Kannst du dich an den Tag der Jungsklo-Eröffnung erinnern? Dein Vater hat von Direktor Oberhäusl eine Klobrille in die Hand gedrückt bekommen.«

»Ah, das rosa Ding, von dem man sich erzählt, sie hätte Casanova gehört?« Heiko wirft den Kopf in den Nacken und lacht. »So ein Quatsch. Mein Vater hat das uralte Holzding Anfang der Woche auf eins der Jungsklos montiert, nachdem auf der großen Eröffnungsfeier eine der Brillen kaputtgegangen ist. Ich wollte sie schon ausprobieren –«

»Ausprobieren?« Angelique ist plötzlich käseweiß geworden. »Hast du … hast du etwa auf der rosaroten

Klobrille gesessen? Und bist du jetzt verliebt? In ein anderes Mädchen?« In ihren Augen glitzern Tränen. »Bitte sag mir, dass das nicht wahr ist.«

Heiko wirkt verwirrt. »Hä? Verliebt? Was meinst du damit? Ich bin doch in *dich* verliebt. Um nichts in der Welt würde ich meine Elbenprinzessin eintauschen. Nicht mal für eine neue Staffel *Raumschiff Enterprise.*«

Angelique wirkt beruhigt. »Also hast du nicht auf der rosaroten Klobrille gesessen?«

»Nein, Schnuckelchen.«

»Sicher? Es ist die fünfte in der Reihe. Die ganz hinten am Fenster.«

»Vulkanier-Ehrenwort.« Heiko schüttelt den Kopf. »Ich benutze stets nur die dritte Toilette. Drei ist meine Glückszahl.«

»Na fein, ich glaube dir«, gibt Angelique nach. »Aber jetzt musst du uns helfen. Wir suchen die seltsame Pergamentrolle, die Direktor Oberhäusl am Tag der Feier vom Elternverein bekommen hat.«

Heiko runzelt die Stirn. »Ach, dieser olle Brief, der der Klobrille beigelegt war, wo der Quatsch über Casanova drinstand? Dass Giacomo Casanova einst ein bekannter Liebhaber aus Venedig war und dass er mit seinen eigenen vier Buchstaben auf der Brille gehockt hat? Das war doch bloß irgendein Blödsinn aus dem Internet. Bestimmt eine ausgedruckte Wikipedia-Seite, gespickt mit ein paar erfundenen Informationen.«

»Wir brauchen sie trotzdem, Heiko«, mischt sich Katja ein. »Es ist echt extrem wichtig.«

»Aber wozu denn?«

»Weil wir die Klobrille aufhalten müssen«, beginnt Angelique. »Sie ist –«

»Chemisch vorbelastet«, schneide ich ihr das Wort ab. Die Wahrheit würde Heiko uns ohnehin nicht glauben, also ist es wohl besser, wir erzählen ihm eine kleine Notlüge. »Die Farbe ist hochgradig giftig. Und verursacht außerdem furchtbar widerliche Pusteln auf dem Hintern. Darum.«

»Ach, echt?« Heiko sieht mich überrascht an. »Und woher wisst ihr das? Benutzt ihr etwa heimlich das Jungsklo?«

Katja und ich sehen uns an. »Wir wissen es einfach, okay?«

Pauline nickt. »Genau. Weibliche Intuition.«

Heiko seufzt. »Na fein, ich sage meinem Vater Bescheid. Er soll sich die Brille und ihre Lackierung in den nächsten Tagen mal genauer ansehen und feststellen, ob die Farbe auf der Brille giftig ist. Und jetzt kommt, lasst uns *Raumschiff Enterprise* –«

»Das mit der Lackierung ist Schwachsinn. Die Klobrille hat magische Fähigkeiten«, platzt Angelique plötzlich heraus. »Das ist die Wahrheit! Deshalb sind wir hier. Du musst uns helfen, Heiko! Jetzt sofort! Das ist ein Notfall!«

Heiko sieht einen Moment lang in unsere Gesichter, dann fängt er an, schallend laut zu lachen. »Ha, der war gut. Nein, ist schon okay, wenn ihr mir nicht die Wahrheit sagen wollt. Giftige Lackierung, Magie, was auch immer. Vielleicht wollt ihr auch einfach unsere schöne rosa Klobrille für euer Mädchenklo klauen? Paps wird sich jedenfalls drum kümmern.«

»Siehst du, Angelique?«, zische ich ihr zu. »Ich wusste, dass er uns nicht glauben wird.«

Heiko hält inne und blickt von mir zu Angelique und wieder zurück. Offenbar weiß der Arme jetzt nicht mehr, was er glauben soll. »Eine magische Klobrille? Soll ich euch das etwa abkaufen? Nur weil ich gerne Fantasyfilme schaue?«

»Angelique hat recht«, gebe ich schließlich zu und starre verlegen auf meine Schuhe. Nachdem Angelique die Bombe hat platzen lassen, ist es auch schon egal. Vielleicht haben wir Glück und Heiko glaubt uns die Geschichte tatsächlich. »Es ist wirklich wahr.«

Heiko schnaubt. »Eine Zauberklobrille! Was kommt als Nächstes? Ein sprechender Klobesen? Oder eine fliegende Klopapierrolle?«

Auch Pauline nickt. »Es stimmt, Heiko. Jeder Junge, der sich auf Casanovas Klobrille setzt, verliebt sich danach in das nächste Mädchen, das ihm über den Weg läuft.«

»Und weil ich neulich vor dem Klo herumstand, habe ich nun einen ganzen Haufen an Verehrern«, füge ich hinzu.

»Verliebte Jungs, wohin man sieht«, sinniert Heiko und beginnt zu grinsen. »Diese Story ist zumindest schon mal besser als ein ekeliger Ausschlag am Hintern.«

»Machst du dich etwa über uns lustig?« Angelique wirkt todernst. »Du wirst doch wohl mitbekommen haben, dass Chloé neuerdings ziemlich beliebt bei den Jungs ist. Das muss dir doch spanisch vorkommen.«

»Ich habe schon mitbekommen, dass Ernst, Paul und Jonas sich schwer ins Zeug legen, um Chloé zu gefallen«, gibt Heiko zu, während ich Angelique einen kleinen Seitenhieb verpasse. Hie und da ist sie immer noch eine freche Zicke, auch wenn sie es nicht böse meint. Meistens zumindest.

»Selbst Heinz ist verknallt in Chloé. Und der hasst normalerweise alle anderen Schüler in unserer Klasse und lässt niemanden abschreiben«, ergänzt Angelique. »Das kann doch nicht mit rechten Dingen zugehen!«

Heiko sieht mich aufmerksam an. »Echt wahr? Sogar Heinz ist in dich verknallt?«

Etwas verlegen nicke ich. »Etwas Mysteriöses geht hier vor sich, Heiko. Und du musst uns helfen, die Pergamentrolle zu finden. Und diesen Klozauber zu stoppen.«

»Na fein«, erklärt Heiko. Trotzdem scheint er von unserer Geschichte noch immer nicht richtig überzeugt zu sein. »Aber damit ihr's wisst, die Pergamentrolle zu finden könnte schwierig werden.«

»Warum schwierig?« Jetzt wühlt Angelique weiter in Herrn Niemands und Heikos Sachen, guckt unter dem Telefonbuch nach und prüft sogar die Schubladen des Garderobenschranks. »Wo hat dein Vater das Stück Papier denn hingetan?«

»Weggeworfen.« Heiko zuckt mit den Schultern. »In den Altpapiermüll.«

»Oh nein.« Pauline stöhnt. »Heiko, sieh mal bitte nach, ob das Papier noch da ist. Vielleicht haben wir Glück.«

Heiko seufzt. »Okay. Ich gucke im Eimer unter der Spüle nach. Aber macht euch keine großen Hoffnungen.«

Als Heiko und Angelique in die Küche verschwinden, um im Mülleimer zu wühlen, bete ich, dass dieses Stück Papier wiederauftaucht. Jede Wette, dass darauf Informationen stehen, die uns helfen können. Ein einfacher Trick, wie wir den Spuk für immer beenden können.

Doch das wäre fast zu schön, um wahr zu sein.

»Sorry, Leute.« Angelique ist wieder zurück und sieht nicht besonders glücklich aus. »Das Papier ist nicht mehr da. Herr Niemand muss den Müll schon nach draußen in die großen Müllcontainer gebracht haben. Und ich möchte, ehrlich gesagt, nur äußerst ungern in den Containern wühlen.«

»Mist.« Verärgert stampfe ich mit dem Fuß. »Was machen wir denn jetzt?«

Heiko überlegt. »Warum klauen wir die Brille nicht einfach? Ohne rosarote Klobrille keine verliebten Jungs mehr. Nicht wahr?«

»Das ist es!« Ich bin so begeistert, dass ich auf der Stelle Luftsprünge machen könnte. »Wir montieren sie einfach ab. Warum haben wir nicht schon früher daran gedacht?«

Heiko öffnet die unterste Schublade der Kommode und fördert einen Werkzeugkasten zutage. »Und wie es der Zufall so will, habe ich sogar die passende Ausrüstung griffbereit.«

Angelique fällt ihm um den Hals und drückt ihm einen Kuss auf die Wange. »Heißt das, du hilfst uns?«

»Logisch.« Er grinst und legt seine Arme um Angeliques und meine Schulter. »Wenn in der Geschichte auch nur ein klitzekleines bisschen Wahrheit steckt, darf ich sie auf keinen Fall verpassen.«

Leute, ich finde Heikos Idee mit dem Klobrillenraub so genial, dass ich kaum an etwas anderes denken kann. Heute nach der Schule haben wir uns verabredet, um die rosarote Brille ein für alle Mal abzumontieren und irgendwo hinzubringen, wo sie keinen Schaden mehr anrichten kann. Angelique hat vorgeschlagen, sie zu verbrennen oder im See zu versenken, doch Melanie ist der Meinung, die Klobrille sei ein historisches Artefakt und sollte lieber einem Museum gespendet werden, wo sie in einem Glaskasten verschlossen bleibt und nie wieder mit einem Jungspo in Berührung kommen kann.

Mir ist es egal, was damit passiert. Hauptsache, sie verschwindet für immer vom Notburga-von-Sorgenfrey-Gymnasium und aus meinem Leben. Doch vorher gibt es leider noch eine andere Sache zu erledigen. Und zwar die Mathearbeit bei Herrn Klaus.

Gestern nach dem Treffen mit Heiko hatte ich ja eigentlich noch vorgehabt, ordentlich dafür zu büffeln, aber davon hat mich eine plötzliche SMS von Waldemar abgehalten. Darin hat er gefragt, ob unser Karaokedate für Samstag noch steht, und ich habe etwas getan, von dem ich nie dachte, dass ich es jemals tun würde:

Ich habe abgesagt.

Und ihn auch noch belogen.

Ja. Richtig gelesen. Ich habe ihm erzählt, dass ich samstags immer mit dem Hund meiner Nachbarin Gassi gehe und das leider vergessen habe, als ich ihm für den Karaokenachmittag zugesagt habe. Jetzt fühle ich mich nicht nur schlecht, weil Waldemar sich gar nicht wirklich für mich interessiert, sondern weil ich ihn auch noch angeflunkert habe.

Und zu allem Übel sitze ich in diesem Moment auch noch vor zehn kniffligen Matheprüfungsaufgaben, von denen ich keine einzige lösen kann. Ich habe also nicht nur Liebeskummer, sondern bin auch noch kurz davor, die letzte Mathearbeit dieses Jahres komplett zu vergeigen. Ich kann froh sein, wenn ich überhaupt in die nächste Stufe aufsteige.

»Psst … Chloé«, reißt mich eine Stimme zwei Reihen vor mir aus den Gedanken. Ich blicke auf und sehe, wie sich Heinz' blonder Haarschopf zu mir umdreht. »Psst … du siehst aus, als könntest du Hilfe benötigen.«

Mein Herz macht einen kleinen Hüpfer. Heinz. Er will

mir helfen. Das tut er sonst nie, was wiederum Beweis dafür ist, dass er dank der Klobrille doch in mich verliebt ist. Und ich hatte schon gedacht, das Klobrillenliebesvirus hätte ihn vielleicht gar nicht richtig erwischt. Andererseits, soll ich diese Hilfe überhaupt annehmen? Der *alte* Heinz hätte seinen Prüfungsbogen eher zusammengeknüllt und aufgegessen, bevor er jemanden davon hätte abschreiben lassen.

»Aber … das geht doch nicht. Du bist viel zu weit weg«, wispere ich und hoffe, dass er von meinen Lippen ablesen kann, was ich meine. Dabei werfe ich immer wieder einen prüfenden Blick nach vorne zu unserem Mathelehrer Herrn Klaus. Er streicht sich über seinen weißen Bart und liest in einem Motorradmagazin. Wusste gar nicht, dass er sich für Motorräder interessiert.

»Doch!«, wispert Heinz zurück und beginnt, etwas auf einen Zettel zu kritzeln. Dann öffnet er seinen Kugelschreiber, rollt das Stück Papier, steckt es hinein und schraubt den Stift wieder zu.

Was hat er vor?

Doch im nächsten Moment wird mir klar, was er plant. Er lässt den Stift auf den Boden fallen und versetzt ihm dann einen Stoß, sodass er durch die Bänke nach hinten in meine Richtung rollt. Ich werfe einen schnellen Blick zu Herrn Klaus, dann bücke ich mich und hebe den Stift auf. Mit zittrigen Fingern ziehe ich das Blatt aus dem Stift und falte es auseinander.

Das ist ja der absolute Hammer, schießt es mir durch den Kopf, während mein Herz vor Aufregung rast. Darauf stehen die Lösungen der ersten fünf Aufgaben, inklusive Lösungsweg. Sogar in verschiedenen Farben, damit ich nichts durcheinanderbringen oder falsch abschreiben kann. Einerseits plagt mich das schlechte Gewissen, andererseits – sollte man die Gelegenheit nicht beim Schopf packen? Was war denn besser? Sich den Liebeszauber zunutze zu machen und ein einziges Mal etwas Verbotenes zu tun – oder das Jahr zu wiederholen?

Aller Moral zum Trotz, meine Entscheidung war klar.

»Danke«, wispere ich in Heinz' Richtung und kopiere die Ergebnisse auf mein Blatt. Die Hälfte des Tests habe ich nun mit Heinz' Hilfe gelöst, das sollte auf jeden Fall reichen, damit ich nicht durchfalle und das Schuljahr wiederholen muss.

»Brauchst du noch mehr Lösungen?«, will Heinz jetzt wissen und wendet sich erneut in meine Richtung. Leider ist er dabei ziemlich laut, und so hebt Herr Klaus schließlich den Kopf und guckt prüfend in die Menge. Schnell ducke ich mich und tue, als würde ich gerade an einer Aufgabe rätseln.

»Alles in Ordnung hier?«, will der Mathelehrer wissen. Sein Kopf schweift über unsere Köpfe, dann fällt sein Blick auf Heinz. »Mich plagt der Verdacht, dass hier etwas Unerlaubtes vor sich geht. Heinz, komm bitte nach vorne.«

Mist. Mist, Mist, Mist. Jetzt steckt der arme Heinz in der Klemme, nur weil er mir geholfen hat. Ich bin kurz davor, nach vorne ans Lehrerpult zu gehen und mich zu stellen, da höre ich, wie Herr Klaus zu Heinz sagt: »Komm schon, verrat es mir. Wer schummelt hier, Heinz? Hast du etwas gesehen?«

Ich halte die Luft an. Unser Lehrer will Heinz gar nicht bestrafen. Sondern von ihm wissen, ob ihm etwas Merkwürdiges aufgefallen ist. Ich erinnere mich, dass Heinz letztes Jahr gepetzt hat, dass Paul das Coca-Cola-Etikett von seiner Trinkflasche gelöst und durch einen Spickzettel ersetzt hat. Wo normalerweise die zahlreichen Inhaltsstoffe der Cola stehen, standen Pauls Mathelösungen. Das war ziemlich clever von Paul, aber Heinz hatte ihn, ohne mit der Wimper zu zucken, verraten.

Ob er mich jetzt auch ausliefern würde?

»Äh … nö«, antwortet Heinz stattdessen. »Ich weiß nicht, was Sie meinen.«

»Na fein«, sagt Herr Klaus und wirkt beruhigt. »Setz dich wieder.«

Puh. Erleichtert atme ich durch. Ich bin fest davon überzeugt, dass Heinz sich jetzt bestimmt nicht mehr zu mir umdrehen wird, doch da habe ich mich getäuscht. Kaum sitzt er wieder auf seinem Platz, nimmt er ein neuerliches Stück Papier, steckt es in einen Stift und schickt es zu mir nach hinten. Doch diesmal bleibt der Stift mit der Botschaft darin am Schulrucksack von Melanies Sitznachbarin hängen und ich muss mich ziemlich verrenken, um ihn …

Autsch!

Bevor ich es verhindern kann, verliere ich das Gleichgewicht und falle vom Stuhl. Als ich aufsehe, steht plötzlich Herr Klaus vor mir und hebt auch noch Heinz' Stift auf, aus dem der vollgekritzelte Zettel ragt.

Ach du dickes Ei.

»Na sieh mal einer an.« Mit strenger Miene faltet er die Notiz auseinander. »Lösungen der Matheklausur, Aufgaben sechs bis zehn.« Er betrachtet mich. »Sind das etwa *dein* Stift und *dein* Spickzettel, Chloé?«

Mein Herz schlägt mir bis zum Hals, während ich zurück auf meinen Stuhl krieche und fühle, wie meine Wangen knallrot anlaufen. Inzwischen guckt die ganze Klasse neugierig in meine Richtung, jeder Einzelne hat aufgehört zu schreiben.

»Ich … ähm«, stottere ich und kaue nervös an meiner Unterlippe. Soll ich zugeben, dass ich geschummelt habe? Das würde bedeuten, dass ich nicht nur durchfallen würde und das Schuljahr wiederholen müsste, sondern vielleicht sogar meine Eltern in die Schule beordert werden würden. Eine Verhaltensnote …

Mir wird plötzlich schlecht.

»Ich höre?« Herr Klaus wartet auf meine Antwort und sieht unzufrieden aus. Normalerweise ist unser Mathelehrer kein übler Typ. Er heißt nicht nur Klaus, er sieht sogar ein bisschen aus wie Santa Claus, doch heute wirkt er nicht so, als wolle er irgendjemanden hier beschenken. Das Einzige, was ich heute von ihm bekommen werde, ist wohl ein Ticket für die Direktion.

»Okay, ich gebe es zu«, wispere ich mit zittriger Stimme. Was soll's, ehrlich währt am längsten. »Ich –«

»Ich war's!«, ruft Paul plötzlich und springt auf. »Ich habe den Spickzettel geschrieben. Ich bin immerhin Experte für Spickzettel, Herr Klaus. Erinnern Sie sich noch an den Colaflaschenskandal im letzten Jahr?«

Herr Klaus verdreht die Augen. »Wie könnte ich den

vergessen, Paul? Die Zeit, die du verwendet hast, um mit Photoshop dieses dumme Etikett zu basteln, hättest du locker nutzen können, um ordentlich zu lernen.«

»Hören Sie nicht auf ihn. Ich war's«, mischt sich Jonas ein.

»Klappe! Ich übernehme das schon«, zischt Paul.

»Nein, ich war's wirklich«, beharrt Jonas. »Das ist mein Stift, den Sie in der Hand halten. Mein … äh, Lieblingsstift.«

Herr Klaus runzelt die Stirn und prüft den Kugelschreiber. »Dir gehört ein Stift vom städtischen Verein für Philatelie, Jonas?«

Jonas nickt. »Klar. Ich interessiere mich total für Piraterie. Captain Hook, Captain Jack Sparrow – kenne ich alle.«

Herr Klaus verdreht die Augen. »Das heißt Philatelie und nicht Piraterie. Philatelisten sind Briefmarkensammler. Du kannst es gar nicht gewesen sein, Jonas.«

»Da haben Sie recht. Denn ich war's, Herr Klaus. Und das ist die Wahrheit«, mischt sich jetzt auch noch Ernst ein. »Ich habe gestern wieder mal nur dümmliche Videos gedreht und hatte keine Zeit zu lernen. Sie kennen mich, Sie wissen, dass ich zu so einer hinterlistigen Schummelaktion imstande wäre!«

Herr Klaus kneift die Augen zusammen und mustert Ernst. »Ein Spickzettel im Kugelschreiber. Das trägt tatsächlich deine Handschrift, Fröhlich.«

Ich kann kaum glauben, was ich da höre. Drei Jungs, die mir aus der Patsche helfen wollen? Nein, nicht nur drei, sondern vier! Denn jetzt ist auch noch Heinz aufgesprungen.

»Quatsch! Der Spickzettel trägt *meine* Handschrift«, erklärt er und schiebt den Stuhl zur Seite.

Herr Klaus lacht ungläubig. »Deine Handschrift, Heinz? Du schummelst doch nie.«

»Meine *richtige* Handschrift. Es ist mein Stift. Die anderen drei sind doch viel zu doof für einen solch ausgefeilten Spickzettel. Außerdem sammle ich seit Jahren Briefmarken.«

Stille. Alle Köpfe drehen sich zu Heinz und ich kann sehen, wie verdutzt meine Mitschüler plötzlich aussehen. Bestimmt fragen sie sich, was hier gespielt wird. Warum plötzlich jeder hier die Schuld auf sich nimmt, um mich zu retten. Auch Herr Klaus wirkt, als hätte er so etwas in seiner jahrelangen Schulkarriere noch nie erlebt.

»Entschuldigung, Herr Klaus«, meldet sich Pauline zu Wort.

»Was?«, blafft unser Mathelehrer. »Hast du etwa auch geschummelt, Pauline? Bist du dem Verein der Philatelisten beigetreten? Mir reicht's langsam mit eurer Klasse. Ihr habt doch alle ein Rad ab!«

Pauline wird knallrot. »Ich … ähm, ich wollte bloß aufs Klo.«

Herr Klaus seufzt und lässt Pauline gehen. So gestresst,

wie er aussieht, freut er sich dieses Jahr sicherlich ganz besonders auf die Sommerferien und auf seine griechische Insel, auf der er immer die Seele baumeln lässt. »Okay, mir reicht es, Leute. Der Mathetest ist abgeblasen. Verschoben. Auf nächste Woche. Wenn die halbe Klasse zugibt, geschummelt zu haben, dann ist es wohl besser, wir beenden es für heute.«

Die Klasse jubelt. Auch wenn es nur ein aufgeschobener Mathetest ist, wir haben zumindest eine zweite Chance bekommen, ordentlich dafür zu lernen.

»Aber nur damit ihr's wisst«, droht Herr Klaus noch, bevor er die Klasse verlässt. »Nächste Woche wird der Test schwerer. Und die Stifte, mit denen ihr den Test schreiben werdet, die bringe *ich* mit.«

# EnzyKLOpädie

## Kloweisheit #18

Die liebe Klobrille. Man kann nicht nur auf ihr sitzen, sondern sie auch werfen. Im amerikanischen Bundesstaat Georgia gibt es einen jährlichen Toilettenbrillen-Weitwurf. Das wäre doch mal eine nette Idee fürs nächste Schulfest, oder?

# Der Klobrillenklau

Leute, falls ihr jemals planen solltet, heimlich eine magische Klobrille abzumontieren – ein heißer Freitagnachmittag im Juni ist der perfekte Zeitpunkt dafür. Die wenigen Nachmittagsstunden, die heute noch stattfinden, wurden nach draußen in den Schulhof verlegt. Die Schule gehört uns an diesem Nachmittag alleine.

»Freunde, na, was sagt ihr zu meiner Verkleidung?«, fragt Heiko, als wir uns um drei Uhr, wie verabredet, vor dem Jungsklo treffen.

»Heiko, ich sagte, du sollst dich unauffällig anziehen«, schimpft Angelique und hebt ihre Augenbraue. »Das hier ist nicht gerade unauffällig.«

Es kommt zwar selten vor, aber heute hat Angelique recht. Heiko trägt einen Piratenhut, eine Augenklappe, ein Halstuch und weite, zerschlissene Hosen. So wie er aussieht, passt er besser auf eine Faschingsparty.

»Und was soll der riesige Cellokoffer, den du mitgeschleppt hast? Hast du heute noch Musikunterricht, oder was?«, will Melanie wissen.

»Mann, Leute, ihr habt einfach keinen Sinn für meine geistreiche Genialität«, sagt Heiko und grinst.

Katja schüttelt den Kopf. »Ein Pirat, der Cello spielt? Das ist alles andere als *genialreich*, Heiko.«

Heiko verdreht die Augen. »Das hier ist doch alles bloß Tarnung, Leute! Jetzt überlegt doch mal. Draußen im Hof probt gerade die Theatergruppe. Die spielen dieses Jahr Peter Pan nach. Wenn uns also mein Vater überraschen sollte –«

»… erkennt er dich nicht und hält dich für einen von der Schauspieltruppe«, ergänze ich. »Gar nicht so übel. Nur wozu der Cellokoffer gut sein soll, verstehe ich immer noch nicht.«

»Na, zum Klobrillentransport. Irgendwie müssen wir die Brille ja unauffällig aus der Schule schaffen. In die Schultasche passt sie nicht, und sie einfach so zu tragen wäre zu riskant. Niemand schöpft Verdacht, wenn ich sie da reintue.« Er zwinkert uns zu. »Außerdem habe ich gestern im Baumarkt noch eine Ersatzklobrille gekauft, die sich bereits im Cellokoffer befindet. Die montiere ich statt Casanovas Brille am fünften WC. Wenn wir Glück haben, fällt der Tausch niemandem auf.«

Ich muss zugeben, Heikos Plan ist wirklich ziemlich *genialreich*! Ich bin richtig erleichtert, dass Angelique ihn eingeweiht hat.

»Also gut, seid ihr bereit?«, frage ich meine Freunde. »Weiß jeder, was er zu tun hat?«

Katja nickt. »Melanie und ich heften uns an Herrn Niemands Fersen und schicken eine SMS, wenn er sich in die Nähe des Schulklos begeben sollte«, erklärt sie.

»Exakt. Pauline?«

»Ich positioniere mich vor dem Lehrerzimmer. Falls sich wider Erwarten ein Lehrer in unsere Richtung begeben sollte, schlage ich Alarm.«

Ich nicke zufrieden. »Prima. Angelique und ich gehen mit aufs Jungsklo und geben Heiko Deckung, der in der Zwischenzeit die Klobrille vom Sitz schraubt und die Ersatzklobrille anbringt.«

»So ist es.« Angelique hält mir ihr Handgelenk entgegen, an dem sie eine pinkfarbene Armbanduhr mit Einhornmotiv trägt. »Uhrenvergleich.«

Heiko, Pauline, Katja, Melanie und ich strecken ihr unsere Arme entgegen. »Viertel nach drei«, erkläre ich. Unsere Uhren gehen auf die Sekunde genau. »Wir haben eine Dreiviertelstunde Zeit, bevor Herr Niemand die Schule absperrt. Alles klar, Leute?«

»Klar wie Kloßbrühe«, sagt Melanie. »Und behaltet eure Handys in Reichweite, falls wir euch vor Niemand warnen müssen.«

»Oder vor den Lehrern«, ergänzt Pauline. »Seit es das Jungsklo gibt, verirren sich nämlich immer mal wieder ein paar Lehrer hierher. Das Lehrerklo ist ihnen wohl zu langweilig, sagen die Jungs.«

Ich nicke und sehe zu, wie Katja, Melanie und Pauline das Jungsklo verlassen und wir drei übrig bleiben. Auf dem Flur ist immer noch alles ruhig. Nicht mal von Giovanni ist etwas zu sehen. Vermutlich hat der Kater wieder zu viel gefressen und schläft nun, vor der Hitze geschützt, auf dem Plüschsofa auf dem Mädchenklo.

»Hier, Heiko.« Auf der Jungstoilette angekommen, kramt Angelique in ihrem rosa Täschchen und holt ihre Gummihandschuhe heraus. »Zieh sie an, bevor du die Klobrille anfasst.«

»Vielen Dank.« Heiko kniet sich auf den Boden und öffnet den Werkzeugkasten. »Aber die brauche ich nicht. Die Klos sind ziemlich sauber, weil mein Vater sie ständig putzt.«

Angelique verdreht die Augen. »Nicht nur wegen der Hygiene, sondern wegen dem Zauber. Wer weiß, vielleicht wird die Magie auch aktiviert, wenn man einfach nur den Rand der Brille anfasst. Ich könnte es nicht ertragen, wenn du dich in jemand anders verliebst.«

Heiko steht auf und schließt Angelique in seine Arme. »Du bist und bleibst meine einzige Prinzessin.«

Jetzt bin ich es, die die Augen verdreht. »Leute, ich störe ja nur ungern die romantische Umarmung, aber die Zeit drängt. Wir haben bald nur mehr eine halbe Stunde Zeit, bis Niemand die Klos absperrt und hier dichtmacht.«

»Okay, okay. Ich lege ja schon los.« Heiko öffnet die Klotür zur fünften Kabine und betrachtet einen Moment lang gedankenverloren die Brille. »Ah, da ist sie ja. Sieht irgendwie ziemlich gewöhnlich aus, mit billiger rosa Farbe lackiert. Und ihr seid euch sicher, dass sie daran schuld ist, dass alles und jeder hier verliebt ist?«

»Ja, Heiko!«, knurrt Angelique. Mit der romantischen Stimmung ist es wohl schon wieder vorbei. »Du sollst keine blöden Fragen stellen, sondern das Ding abmontieren.«

»Hab verstanden.« Vorsichtig öffnet Heiko den rosaroten Klodeckel und prüft die Schrauben, die die Klobrille mit der Schüssel darunter verbinden. »Puh, also dieser Mechanismus sieht ziemlich kompliziert aus. Mist, vielleicht hätte ich doch vorher meinen Paps fragen sollen, wie das geht.«

»Warte mal … du weißt gar nicht, wie man eine Klobrille abmontiert?« Angelique klingt plötzlich wieder wie die Zicke von damals. »Ich dachte, du kennst dich aus!«

Heiko wird bis über beide Ohren rot. »Ich habe angenommen, dass das ganz einfach geht. Eine Schraube rausziehen und fertig.« Er zieht kräftig an der Klobrille. »Aber das Ding sitzt bombenfest.«

»Sei vorsichtig, sonst hebst du auch noch die Schüssel aus dem Boden und wir haben eine Überflutung, so wie im Mädchenklo«, warne ich. »Fünfundzwanzig Minuten übrig. Leute, was machen wir jetzt?« Konzentriert reibe ich mir über die Stirn. »Was würde Ernst tun, wenn er wissen will, wie man eine verdammte Klobrille abschraubt?«

»YouTube-Videos«, platzt Angelique heraus. »Ernst würde sich Klobrillen-Abmontier-Videos angucken.«

Heiko hebt die linke Braue. »Klobrillen-Abmontier-Videos? So etwas gibt es nie im Leben.«

»Doch.« Angelique hat ihr Handy gezückt und scrollt auf dem Bildschirm auf und ab. »Ich habe YouTube geöffnet und sieh mal hier. Wie man eine Klobrille in fünf Minuten abschraubt. Kommt schon, Heiko, Chloé, das sehen wir uns an.«

Leute, ich hätte es kaum für möglich gehalten, aber das Internet weiß echt alles. Auf YouTube kann man mithilfe von Videos nicht nur lernen, wie man Apfelkuchen backt und Zöpfe flicht, sondern auch, wie man im Rekordtempo

Klodeckel abschraubt. Im Video erklärt ein Mann, der aussieht wie Meister Proper, welche Werkzeuge und welche Schrauben man dafür braucht, und während wir zu dritt in der Kabine kauern, konzentriert in Angeliques Handy starren und uns Notizen machen, fällt uns gar nicht auf, wie jemand den Vorraum des Klos betritt. Erst als die Tür geräuschvoll ins Schloss fällt, drückt Angelique geistesgegenwärtig auf Pause.

»Hier ist jemand«, flüstert sie und späht durch den Türspalt in den Vorraum. »Ach du liebe Güte, es ist Ernst.«

Tatsächlich. Ich quetsche mich an Angeliques Seite und sehe, wie Ernst vor unserem Versteck auf und ab geht, dann schnurstracks zum Spiegel marschiert und dabei ein Lied pfeift. Und zwar »Love is in the air«.

»Was um alles in der Welt tut er da?« wispere ich, als Ernst seine Baseballkappe abnimmt und beginnt, sich wild durchs Haar zu fahren. Dann krempelt er sich die Ärmel hoch und spannt seine Oberarmmuskeln an.

»Hey, Chloé, Baby«, sagt er mit tiefer Stimme zu seinem Spiegelbild. Dabei spitzt er die Lippen und schiebt sein Kinn nach vorne. »Ich bin's, dein Traumprinz. Was ist, wollen wir abhängen?«

»Was tut er da?«, zischt Angelique.

»Nein, das klappt bestimmt nicht«, sagt Ernst jetzt wieder mit normaler Stimme. Unsicher lässt er den Kopf hängen, dann spuckt er in die Hände und beginnt, sich die

Haare straff nach hinten zu streichen. »Hey, Chloé, Señorita! Ich bin's, Ernesto!«, beginnt er plötzlich mit spanischem Akzent. »Du bist so heiß wie eine ofenfrische Tortilla mit Chili.« Er lässt die Schultern sinken. »Nein, auch nicht gerade der beste Spruch.«

»Ach du liebe Güte«, zische ich schockiert. Die ganze Sache ist mir so peinlich, ich würde mich am liebsten im Klo runterspülen. Übt Ernst da gerade vor dem Spiegel, mit mir zu flirten?

»Oje! Kann dieser Möchtegern-Casanova nicht einfach verschwinden?«, knurrt Heiko. »Uns läuft langsam die Zeit davon. Chloé, du musst ihn ablenken.«

»Ja!« Angelique nickt. »Du musst zu ihm gehen und ihn von hier weglocken. Er folgt dir ohnehin wie ein Hündchen überallhin.«

»Was? Aber –«, sage ich, während Ernst immer noch so tut, als hätte er sich in einen Latino verwandelt. Jetzt zückt er auch noch einen Bleistift und steckt ihn zwischen die Zähne, als wäre er eine Rose. Und beginnt, Tango zu tanzen. Oder das, was er dafür hält. Ach du liebe Güte!

»Los jetzt.« Angelique öffnet die Kabinentür und gibt mir einen Stoß.

»Mamacita … diese rote Rose ist für –«, erklärt Ernst seinem Spiegelbild gerade, als ich aus der Kabine stolpere. Erschrocken bricht er ab und sieht mich an. Sein Unterkiefer klappt auf und der Bleistift fällt ihm aus dem Mund.

So erschrocken habe ich meinen Kumpel noch nie zuvor gesehen. »Chloé … was … was tust du denn hier?«

»Die Frage ist wohl eher, was *du* hier tust, Ernst«, kichere ich und hebe mit spitzen Fingern den Stift vom Boden auf. Er ist ein wenig nass von Ernsts Spucke. »Igitt. Ich borge mir nie wieder Stifte von dir aus, damit das klar ist.«

»Ich übe … für mein neues YouTube-Video. Da möchte ich nämlich … ähm … Flirttipps geben. Meine User fragen mich ständig danach. Sie halten mich nun mal für den absoluten King bei den Mädchen«, stottert Ernst.

Ich verdrehe die Augen. Was für eine lahme Ausrede! Trotz der Verliebtheit ist er immer noch der gleiche eingebildete Gockel, der er früher war.

»Aber jetzt zu dir, schönes Mädchen.« Ernst kommt auf mich zu und legt den Arm um mich. »Warum bist du hier? Hast du mich etwa gesucht? Um mich zu fragen, ob wir nachher ein Eis essen gehen?«

Ich lache. »Pff. Träum weiter.«

»Na gut, wenn das so ist.« Ernst hebt gespielt uninteressiert die Schultern und legt dann seine rechte Hand auf den Türgriff der fünften Kabine. Die Kabine, in der sich Angelique und Heiko befinden. »Dann noch einen schönen Tag, Chloé. Entschuldige mich mal kurz.«

»Nicht!«, schreie ich alarmiert. »Tu das nicht!«

»Warum denn nicht?« Ernst hält inne. »Ich muss mal dringend pieseln. Wenn du mich also entschuldigst –«

»Benutz eine andere Kabine«, presse ich hervor. »Irgendeine. Aber nicht diese, okay?«

»So? Was ist denn da drin?« Ernsts Neugierde ist offenbar geweckt. Bevor ich es verhindern kann, drückt er den Türgriff hinab, doch die Tür lässt sich nicht öffnen. »Versperrt! Komisch, wir sind doch die Einzigen hier.«

»Ja, wirklich komisch.« Ich mache eine wegwerfende Handbewegung. »Egal, benutz doch einfach die Kabine daneben …«

»Das interessiert mich aber jetzt«, erklärt Ernst, legt seine Hände auf die Oberkante der Kabinenwand und zieht sich hoch, bis er in die Kabine sehen kann. Mann, ich hätte nicht gedacht, dass Ernst auch nur einen einzigen Klimmzug hinbekommt. »Was zur ... Angelique und Heiko? Was macht ihr denn hier?«

Schließlich entriegeln die beiden die Tür und gucken aus der Kabine. »Oh, hi, Ernst. Was für ein Zufall.«

Seine Augen werden schmal. »Knutscht ihr etwa hier rum?«

»Äh, ja!« Heiko grinst. »Natürlich.«

»Ist ja nicht sehr romantisch«, erklärt Ernst. Für einen Moment bin ich richtig erleichtert, weil Ernst offenbar nicht daran denkt, dass hier etwas Verbotenes vor sich gehen könnte. Doch dann gleitet sein Blick auf die rosarote Klobrille, die inzwischen abmontiert am Boden liegt. »Moment mal. Was tut ihr hier wirklich? Schraubt ihr etwa das Klo auseinander?«

Angelique lässt den Kopf sinken. »Erwischt. Okay, wir geben es ja zu. Heiko und ich tauschen die Klobrille aus. Den wahren Grund dafür wirst du uns um nichts in der Welt glauben, deshalb versuchen wir gar nicht erst, dir zu –«

»Hände weg von der rosaroten Klobrille«, erklärt Ernst und stemmt die Arme in die Hüften.

»Wie bitte?« Angelique wirkt verunsichert.

»Ich sagte ›Hände weg‹!«

»Aber … sie ist kaputt«, flunkert Heiko. »Mein Papa hat gesagt, ich soll sie austauschen.«

»Sieht gar nicht kaputt aus!« Ernst nimmt das Ding genauer unter die Lupe. »Lasst sie verdammt noch mal hier, sonst petze ich dem Direktor, was ihr hier tut.«

Verwirrt schüttle ich den Kopf. »Aber warum liegt dir nur so viel an dem Ding?«

»Chloé!« Bedeutungsvoll nimmt Ernst meine Hand. »Diese Klobrille ist so etwas wie mein Glücksbringer. Unmittelbar bevor ich mich in dich verliebt habe, habe ich –«

»Hast du darauf gesessen?« Ich sehe ihn aufmerksam an.

»Ja! Woher weißt du das?« Ernst schüttelt verwundert den Kopf. »Egal. Ich lasse nicht zu, dass ihr sie mitnehmt. Erst durch dieses Ding habe ich erkannt, wie viel mir an Chloé liegt.« Ernst kommt noch näher. »Dass sie viel mehr ist als nur eine gute Freundin. Ach, ich hätte nie gedacht, dass ich mich mal verknalle. Aber es fühlt sich plötzlich an wie … Magie.«

»Ernst, es *ist* Magie«, macht Angelique ihm klar. »Du bist gar nicht wirklich in Chloé verknallt. Es liegt an der Klobrille. Wenn du wieder ganz der Alte sein willst, solltest du uns helfen, dieses Ding hier loszuwerden.«

»Aber wie sollte ich denn jemals wieder der Alte sein wollen?« Theatralisch legt Ernst seine Hand aufs Herz. »Ich war ein Nichts. Ein Niemand. Ohne die Liebe.«

»Das hätte ich echt gern auf Band, um es ihm vorspielen zu können, wenn er wieder mal vor Selbstbewusstsein nur so strotzt«, wispere ich in Angeliques Ohr.

»Ernst, mein lieber Ernst«, beginnt Angelique und hakt sich bei ihm ein. »Vielleicht können wir uns auf einen Deal einigen. Was meinst du?«

Ernst kaut auf seiner Unterlippe. »Einen Deal?«

Angelique nickt. »Du überlässt uns die Klobrille, dafür verabredet sich Chloé mit dir. Ist das keine gute Idee?«

»Oh nein. Kein Date«, zische ich Angelique zu. »Ernst ist irre. Liebeskrank. Du hast ihn doch gerade vor dem Spiegel –«

Heiko sieht mich eindringlich an. »Tu es einfach, Chloé. Wenn Ernst petzt, sitzen wir ordentlich in der Tinte.«

»Na fein«, gebe ich mich geschlagen. Eine Verabredung mit Ernst kann doch nicht so schlimm werden, oder? Schließlich ist er immer noch mein bester Freund.

»Wunderbar! Lass uns morgen ins Kino gehen«, beschließt Ernst. Jetzt legt er wieder den Arm um mich und führt mich aus dem Jungsklo nach draußen. Angelique, Heiko und die Klobrille scheinen ihn nicht mehr zu interessieren. »Da läuft ein Film, den ich gerne sehen würde.«

»Etwa dieser Zombiestreifen, in dem Marsmenschen die Gehirne der Menschen essen?«, frage ich und bin unendlich erleichtert, dass Angelique und Heiko unseren Plan zu Ende bringen können.

Ernst verzieht das Gesicht. »Doch nicht den. Ich meine doch diesen wundervollen Liebesfilm, der an der englischen Küste spielt.«

»Ist das dein Ernst? Du hasst Liebesfilme.«

»Jetzt nicht mehr.« Ernst grinst. »Ich lade dich ein. Dort nehmen wir uns dann ein Doppelsofa und teilen Cola und Schokolade. Oder, noch besser, Salzstangen. Du knabberst am einen Ende, ich am anderen und dann …«

Uagh. Ich nehme lieber M&M's.

# Drei sind einer zu viel

Leider hat Ernst sein Versprechen wahr gemacht und mich tatsächlich am Samstag ins Kino eingeladen. Den Vormittag davor habe ich mir unzählige Gedanken gemacht, wie ich am besten aus der Sache rauskommen könnte. Ich habe mir Ausreden einfallen lassen und sogar überlegt, krankzumachen, aber am Ende habe ich doch zugestimmt, mit Ernst ins Kino zu gehen. Unter einer Bedingung: Statt in diesen schnulzigen Liebesfilm, den Ernst unbedingt mit mir sehen wollte, gehen wir in eine lustige Komödie, in der vier Achtzehnjährige im Wohnmobil einen Roadtrip durch Europa machen. Ich habe nämlich vorher im Internet recherchiert und dabei herausgefunden, dass es in dem Film keine einzige schmalzige Stelle gibt, bei der mir Ernst auf die Pelle rücken könnte.

Perfekt.

»Ich war mir nicht sicher, was du gerne knabbern möchtest, also habe ich einfach alles gekauft«, erklärt Ernst, als er vom Tresen zurückkommt. »Erdnüsse, Popcorn, Gummibärchen, Nachos und Cola. Mit und ohne Zucker.«

»Oje.« Etwas unsicher nehme ich das ganze Zeug entgegen. Ehrlich gesagt hatte ich gehofft, dass der Liebeszauber sofort verschwinden würde, nachdem Heiko und Angelique die Klobrille gestern im Cellokoffer nach draußen geschmuggelt haben. Doch offenbar ist Ernst immer noch über beide Ohren verliebt, sonst hätte er nicht sein Sparschwein für den heutigen Tag geplündert. »Ernst, du musst dir echt nicht so viele Umstände machen. Wir gehen doch nur ins Kino. Wir waren schon hundert Mal gemeinsam im Kino, weißt du nicht mehr?«

Ernst starrt verlegen auf seine Turnschuhe, die so aussehen, als hätte er sie zum ersten Mal in seinem Leben geputzt. »Aber da warst du für mich immer nur die stinknormale Chloé und nicht das schönste Mädchen der Welt.«

»Na vielen Dank auch«, murmle ich. »Trotzdem wäre ich gerne wieder die stinknormale Chloé von früher. Du hast dich über mich lustig gemacht und ich mich über dich. Das war doch immer total spaßig, weißt du nicht mehr?«

»Na und? Das war eben davor. Bevor mich der Pfeil der Liebe getroffen hat«, verkündet Ernst, geht auf die Knie und legt die Hand an sein Herz und sieht dabei ein wenig aus wie Romeo vor Julias Balkon. »Bevor wahrhaftige

Gefühle in mir erwacht sind. Und das nur deinetwegen, Chloé, schönstes Mädchen der Welt.«

»Steh auf, die Leute schauen schon«, wispere ich und ziehe ihn hoch. »Außerdem ist das doch nur die magische Klobrille, die aus dir spricht. Ich habe dir doch schon erzählt, dass die irgendetwas Komisches mit den Jungs angestellt hat, die sie benutzt haben.«

Ernst lacht und läuft voran in den Kinosaal. »Mann, Chloé, das klingt doch total schräg. Was ist wohl wahrscheinlicher? Eine magische Klobrille oder ein paar verliebte Jungs? Wäre auch kein Wunder, immerhin bist du das schönste –«

»… schönste Mädchen der Welt«, wiederhole ich lahm. Ich seufze und lasse mich neben ihm in den Kinositz fallen. Nicht mal unter dem Liebesfluch ist Ernst sonderlich kreativ. »Du wiederholst dich.«

»Aber nur, weil ich es dir gar nicht oft genug sagen kann. Du bist eben die Schönste weit und breit«, säuselt Ernst.

»Ja, ja«, murmle ich und mache es mir auf meinem Platz bequem. Ernst sitzt direkt am Gang, ich gleich daneben. »Na egal. Jetzt, wo Heiko und Angelique die Klobrille abmontiert haben, wirst du dich hoffentlich bald wieder in den normalen Ernst zurückverwandeln.«

»Werde ich nicht.«

»Doch, wirst du.«

»Hmpf.« Ernst verdreht die Augen, als wäre *ich* die Verrückte hier, und während ich darüber nachdenke, wie ich ihn von der Wahrheit überzeugen könnte, beginnt schließlich der Film.

Nach den ersten paar Minuten bin ich richtig froh, dass ich Ernst überreden konnte, nicht in diesen Schnulzenstreifen zu gehen. Der Film ist richtig cool, lustig und außerdem noch ziemlich spannend. Ich bin so gefesselt, dass mir gar nicht auffällt, wie sich der Abstand zwischen Ernst und mir verringert.

»Chloé! Bist das du?« Im spannendsten Moment merke ich plötzlich, wie ein dunkler Schatten neben meinem Kinosessel auftaucht. »Ich dachte … ich dachte, du musst samstags den Hund deiner Nachbarin sitten. Hast du mich etwa angelogen?«

Neben mir steht Waldemar. Offenbar war er die ganze Zeit über im gleichen Film wie wir. Ach du dickes Ei!

»Waldemar! Was tust du denn hier?«

»Ich sehe mir den Film an, was denn sonst?« Waldemar klingt säuerlich. »Ich wollte mir gerade schnell noch eine Tüte Popcorn holen, da entdecke ich dich. Mit einem anderen Jungen! Ist das etwa dein Ernst?«

»Jup. Ich bin ihr Ernst«, erklärt Ernst zufrieden.

»Hä?« Waldemar wirkt verwirrt.

»Ihr Ernst. Schwer von Begriff, oder was?«, knurrt Ernst jetzt.

»Ich glaub's ja nicht.« Waldemar spricht plötzlich ziemlich laut und wir ernten von ringsum böse Blicke. »Du hast mich angelogen, bloß um dich mit Ernst zu verabreden? Ich dachte, du magst mich!«

Mein Herz klopft mir bis zum Hals, während ich in sein Gesicht sehe. Ja, ich weiß, es ist alles nur der Klobrillenzauber, der das mit Waldemar macht, trotzdem macht es mich traurig, ihn so verletzt zu sehen. Wir hatten uns so gut verstanden. Und jetzt ist er von mir enttäuscht. »Aber … es ist nicht so, wie es aussieht!«

Waldemar stößt ein Schnauben aus. »Das sagen sie alle. Für mich sieht es jedenfalls aus, als wärt ihr ein Pärchen.«

»Wie bitte?« Weil der Film vorhin so spannend war, ist mir gar nicht aufgefallen, dass Ernst seinen Arm um meine Schulter gelegt hat.

»Chloé ist meine Freundin, okay?«, schnauzt Ernst. »Zumindest wird sie es bald sein. Und jetzt verzieh dich nach vorne auf die billigen Plätze und lass uns hier in Ruhe den Film gucken, verstanden?«

Ich kann sehen, wie sich Waldemars Nasenflügel vor Wut weiten. »Hast du etwa vergessen, dass ich zwei Klassen über dir bin?«

»Na und? Dafür bin ich ein Internetstar und du nur der Mobilklojunge«, knurrt Ernst böse. »Und jetzt mach, dass du wegkommst.«

»Das reicht jetzt«, brummt Waldemar, packt Ernst an der Schulter und zerrt ihn aus dem Kinostuhl. Seine linke

Hand ist zur Faust geballt und er sieht nicht so aus, als würde er spaßen.

»Ruhe jetzt!«, ruft ein Mann zwei Reihen hinter uns. »Könnt ihr euch nicht draußen prügeln, wie alle anderen vernünftigen Teenager das tun?«

»Ausgezeichnete Idee«, knurrt Ernst und macht sich los. Dabei funkelt er Waldemar streitlustig an. »Lass uns nach draußen gehen. Jetzt sofort!«

»Genug!«, rufe ich und dränge mich zwischen die beiden. Ich kann nicht glauben, was diese verfluchte Klobrille mit den zwei Jungs anstellt. Sind sie etwa so verrückt, dass sie sich für mich prügeln würden? Das ist ja schlimmer als in der Steinzeit! »Ihr seid total peinlich! Wie die kleinen Kinder!«

»Er hat angefangen«, murmelt Ernst.

»Nein, er«, widerspricht Waldemar.

»Hört euch doch nur mal selbst zu!«, schreie ich die beiden an. Der Mann zwei Reihen hinter uns meckert erneut, aber das ist mir jetzt auch schnuppe. »So dumm, wie ihr euch benehmt, will ich im Moment mit keinem von euch beiden zusammen sein.«

»Aber –«, ruft Ernst. »Chloé, warte!«

Doch ich schnappe mir unbeirrt meine Tasche, dränge mich an Ernst vorbei und bereue es dabei bitter, überhaupt jemals eingewilligt zu haben, mich mit ihm zu verabreden. »Macht's gut.«

Nach dem verpatzten Date mit Ernst habe ich das ganze Wochenende keine Lust mehr, etwas zu unternehmen. Stattdessen schaue ich am Sonntagvormittag Zeichentrickfilme mit meinem Bruder Mika und beschließe sogar, am Sonntagnachmittag unsere Nachbarin zu besuchen und mit ihrem Dackel Gassi zu gehen, so wie ich es Waldemar aufgetischt habe. Dabei wähle ich allerdings eine Route, auf der ich ganz sicher nicht Ernst, Jonas, Paul, Heinz oder Waldemar begegnen kann.

Am Montag, genau drei Tage nachdem die Klobrille abmontiert wurde, kann ich es gar nicht erwarten, wieder in die Schule zu kommen. Ich will unbedingt erfahren, was mit den Klobrillen-Verliebtheitsjungs übers Wochenende passiert ist. In der Garderobe treffe ich Pauline, und wie es scheint, hat sie sich über dieselben Dinge Gedanken gemacht.

»Stell dir nur mal vor, Ernst wäre heute wieder der Alte«, träumt sie vor sich hin, während wir über den Flur zu unserer Klasse schlendern. »Derselbe schlagfertige, selbstverliebte und trotzdem unverschämt gut aussehende Junge von früher. Dann würde er mich vielleicht endlich wahrnehmen, was meinst du?«

Ich hätte nie gedacht, dass ich das jemals sagen würde, aber: Ja, ich vermisse den schlagfertigen, selbstverliebten Jungen von früher, der bestimmt nicht so gut aussehend ist, wie Pauline behauptet. Ich kann nur hoffen, dass es heute endlich so weit ist und Ernst wieder der Alte ist.

Doch da habe ich mich leider getäuscht.

»Chloé!« Kaum habe ich die Klasse betreten, stürmen Ernst, Heinz, Paul und Jonas auf mich zu. Ich muss nur in ihre schmachtenden Augen sehen und mir wird klar, dass sich übers Wochenende leider nichts verändert hat. Rein gar nichts.

»Oh Mann«, seufze ich verärgert. »Ich habe noch nicht mal gefrühstückt. Könnt ihr mich bitte in Ruhe lassen?«

Doch Paul und Jonas lassen sich nicht so schnell vertreiben. »Hey, Chloé, ich habe gehört, dass dein Date mit

Ernst der totale Reinfall war. Vielleicht willst du ja stattdessen mit einem von uns ins Kino gehen?«

»Hör nicht auf die, Chloé«, mischt sich Ernst ein. So breit, wie er mich angrinst, scheint auch er immer noch unter dem Liebeszauber zu stehen. »Wir drehen einfach unseren eigenen Kinofilm! Chloé und Ernst auf Wolke sieben. Eine Liebesgeschichte.« Doch dann wird sein Blick plötzlich nachdenklich. »Wir müssen dir im Video nur einen anderen Namen verpassen. Ein Pseudonym. Du weißt schon, ich habe sehr viele weibliche Fans im Internet, und es wäre wirklich gefährlich, wenn einige davon eifersüchtig werden und dir auflauern würden. Ich bin nun mal ein Superstar!«

»Superstar? Pah! Chloé, darf ich dich erinnern, dass ich es war, der dir neulich beim Mathetest geholfen hat?« Heinz starrt mich vorwurfsvoll an. »Wenn jemand eine Verabredung mit dir verdient hat, dann ja wohl ich.«

»Was ist denn nur mit euch los?«, rufe ich. Ich spüre, wie meine Geduld langsam, aber sicher verschwindet. »Ich habe euch schon tausend Mal erklärt, dass ihr nicht wirklich in mich verliebt seid! Es ist –«

»Ähm, Chloé?«, unterbricht mich Melanie und berührt meine Schulter.

»Jetzt nicht«, weiche ich aus und wende mich wieder meinen anstrengenden Verehrern zu. »Es ist diese dumme Klobrille, die euch immer noch in mich verliebt macht.

Auch wenn sie längst abmontiert wurde. Aber leider wissen ich und meine Freundinnen auch nicht, warum ihr immer noch –«

»Chloé?« Melanie zieht fester an meinem Sweater. »Doch, wissen wir. Wir wissen, warum die Jungs immer noch dem Zauber der Klobrille unterliegen.«

»Was?« Erstaunt starre ich sie an. Wie bitte? Melanie weiß, was hier los ist?

»Ich glaube, wir wissen endlich, was hier los ist. Warum die Jungs immer noch verrückt nach dir sind. Komm mit, Angelique will mit dir reden. Sie wird dir alles erzählen.«

»Wo … wo ist Angelique?«

»Draußen. In der Mülltonne.«

»Was? *In* der Mülltonne?« Vor Verblüffung bleibt mir der Mund offen stehen, während ich Melanie aus dem Klassenzimmer bis in den Schulhof folge, dorthin, wo die großen Papiertonnen stehen, die alle zwei Wochen von der Müllabfuhr geleert werden. Es läutet in wenigen Minuten zur ersten Stunde und wir werden auf jeden Fall zu spät kommen, also kann ich nur hoffen, dass das hier wichtig ist.

Doch als Melanie vor der großen Altpapiertonne hält, steht da tatsächlich Angelique, mit zerzaustem Haar und verknitterten Klamotten. Papierschnipsel haben sich in ihrer Mähne verheddert.

»Angelique, hast du dich etwa durch den Müll gewühlt?

Und ist das da eine Apfelschale auf deiner neuen rosa Plüschjacke?«, frage ich.

»Uh!« Angelique fegt sich die Apfelschale von ihrer Schulter, als wäre sie Ungeziefer. »Ist das nicht ekelig, was manche Schüler unbedacht in den Papiermüll werfen?« Dann zieht sie aus ihrer Hosentasche ein Stück Papier heraus. »Ach übrigens, ich habe die Pergamentrolle gefunden.«

»Du hast was??« Vor lauter Freude werfe ich mich in ihre Arme, auch wenn sie ein bisschen nach faulen Äpfeln riecht. Und nach alten Turnschuhen. »Lass mal sehen.«

»Hier.« Angelique reicht mir die Rolle. »Aber lass uns mitlesen, wir kennen sie selbst noch nicht. Melanie ist gleich losgestürmt, um dich zu holen.«

Ich drücke Melanie und Angelique, so fest ich kann. »Ihr seid die Allerbesten.«

»Freu dich nicht zu früh«, warnt mich Melanie. »Lass uns erst mal lesen, was da steht.«

> **Herzlichen Glückwunsch!**
> **Sie sind nun der neue Besitzer von einem wahren Stück mit Sammlerwert. Dies hier ist nichts Geringeres als die Originalbrille von Casanova, der vor Hunderten von Jahren in Venedig gelebt hat. Casanova war ein Schriftsteller und Abenteurer und lebte von 1725 bis 1795. Er ist bekannt, weil er zahlreiche Herzen gebrochen hat und als größter Liebhaber seiner Zeit galt. Seine Klobrille, so sagt es die Legende, wird Liebe in das Leben ihres neuen Besitzers bringen.**

Ich werfe Melanie und Angelique einen Blick zu. »Das kommt mir bekannt vor. Bis hierher hat der Direktor vorgelesen.«

Angelique und Melanie nicken. »Lies weiter.«

> **Sobald sich jemand auf Casanovas Klobrille setzt, wird er sich schon sehr bald verlieben. Er wird seiner Angebeteten den Hof machen,**

**sie beschenken und verehren, so wie es einst Casanova getan hat – mit der Absicht, ihr Herz zu gewinnen.**

»Pah. Das ist ja nur zu wahr«, erkläre ich und muss an das Kinodesaster von Samstag denken. »Ob sich Casanova auch für seine Angebetete geprügelt hätte?«

»Da steht noch mehr«, sagt Angelique und deutet auf das Blatt.

**Doch die Brille hat auch ihre Schattenseiten: Da Casanovas Liebe nicht von Dauer war, werden auch diese Gefühle nur flüchtig sein. Schon binnen zwei Mondzyklen ebben die Gefühle ab, bis nur mehr ein Hauch der Liebe übrig ist.**

Ich lasse das Blatt sinken. »Zwei Mondzyklen? Was soll denn das bedeuten?«

»Zirka zwei Monate«, übersetzt Melanie. »Meine Mama lebt nach dem Mondkalender, daher weiß ich das.«

Ich versuche, das Gelesene zu verstehen. »Warte mal, soll das heißen, dass Ernst, Jonas, Heinz und Paul … und sogar Waldemar mir noch ganze zwei Monate den Hof machen werden?«

Angelique nickt. »Aber keine Sorge, bald sind Sommerferien. Im Herbst ist der ganze Spuk vorbei.«

Vor lauter Verzweiflung vergrabe ich mein Gesicht in den Händen. »Leute, Ernst wohnt quasi um die Ecke von mir. Wir wollten in den Ferien lustige Videos drehen. Und gemeinsam campen gehen. Ich kann diesen liebeskranken Spinner nicht die ganzen Ferien ertragen.« Da fahre ich lieber zu unserer verhassten Tante Trude, die mich und Mika immer in den Ferien zu sich einlädt und fürchterlich nach Zigarettenqualm stinkt.

»Warte mal«, sagt Melanie und guckt noch einmal auf das Blatt. »Es scheint noch eine andere Möglichkeit zu geben, die Jungs vom Liebeszauber zu befreien.«

**Doch sei gewarnt, Liebender. Sollte der Liebeszauber einmal die Falsche getroffen haben, verpufft der Klobrillenzauber schneller, als Venedigs Gondeln ziehen – und zwar dann, wenn du deine einzig wahre Liebe küsst.**

»Hä?«, mache ich. »Der Liebeszauber verpufft? Schneller, als Venedigs Gondeln ziehen? Ich habe keinen Plan, was damit gemeint ist. Kann sich diese blöde Schriftrolle nicht normal ausdrücken?«

»Ich glaube, ich weiß, was gemeint ist«, sagt Angelique. »Schmalzige Ausdrucksweisen bin ich ja von Heikos Gedichten gewohnt. Also, wenn ein Junge unter dem Liebeszauber steht und währenddessen von jemand anders, sagen wir mal, seiner wahren Liebe geküsst wird, verschwindet die Magie. Und alles ist wieder normal.«

»Pauline!«, rufen Melanie und ich gleichzeitig.

Angelique wirkt verwirrt. »Was hat Pauline damit zu tun?«

»Pauline ist Ernsts wahre Liebe«, erkläre ich aufgeregt. »Ernst hat es nur noch nicht erkannt. Aber das wird er schon noch!«

»Okay.« Angelique hebt die Schultern. »Aber wie stellen wir das an? Wie um alles in der Welt bringen wir diesen Sturkopf Ernst dazu, Pauline zu küssen, wenn er doch denkt, du seist das schönste Mädchen der Welt?«

Ich reibe mir die Hände und grinse, während langsam, aber sicher ein Plan in meinem Kopf entsteht. Ein unglaublich guter Plan, nebenbei bemerkt. Und Paulines Geburtstagsparty, die nächste Woche stattfindet, kommt mir dazu gerade recht. »Das lasst ihr mal meine Sorge sein.«

# EnzyKLOpädie

Kloweisheit #19:

Habt ihr euch schon mal gefragt,
warum die Toilette eigentlich
Toilette heißt?
Der Begriff »Toilette«
stammt vom französischen
Wort »toile« ab.
So nannte man das Leintuch,
das man früher während des
WC-Besuchs zur Abschirmung vor
fremden Blicken verwendete,
weil es noch keine »Toiletten-
kabinen« gab.

# Happy Birthday, Pauline!

Okay, Leute, eins sei an dieser Stelle mal gesagt. Es gibt noch bessere Orte, Partys zu feiern, als unser Mädchenklo, auch wenn mein Geburtstag auf der Mädchentoilette letzten Herbst der absolute Knaller war – inklusive Klobrillentorte und fliegender Bartagame. Ich denke da an Orte wie das Dach eines Wolkenkratzers. Oder an eine Süßigkeitenfabrik. Oder eben an Paulines und Angeliques Garten, der den Eindruck macht, als gäbe es ihn nur, um dort legendäre Partys zu feiern.

Hier gibt es nicht nur einen riesengroßen Pool, ein Trampolin, eine ultramoderne Soundanlage, eine Wasserrutsche und eine Karaokemaschine – sondern sogar eigenes Partypersonal, das Eis und Limonade austeilt. Paulines Mutter und Angeliques Vater haben sich bei dieser Party echt selbst übertroffen.

»Schau mal da, die Kümmel und der Oberhäusl«, sagt

Katja und deutet auf die Couch auf der Terrasse. »Ist ja echt *fabeltastisch*, dass die zwei hier aufgekreuzt sind.«

Ich nicke, während ich drei Gläser Orangenlimonade balanciere und nebenbei an einem Schokoladeneis lecke. Weil natürlich auch Jonas, Heinz und Paul hier sind und der Zauber der Klobrille immer noch nicht abgeebbt ist, schwirren die drei ständig um mich herum und versuchen, mir jeden Wunsch von den Augen abzulesen. Nur Ernst hat heute noch nichts Peinliches angestellt, um mich zu –

»Darf ich um Ihre Aufmerksamkeit bitten«, schallt es plötzlich aus dem Mikro der Karaokeanlage. »Ich möchte ein Ständchen zum Besten geben. Ein Ständchen für meine Angebetete, die heute hier unter den Partygästen ist.«

Ich erstarre. Das ist doch Ernsts Stimme.

»Ach du dickes Ei.« Pauline kommt näher und nimmt mitfühlend meine Hand. Heute trägt sie ausnahmsweise mal kein uraltes Disney-Shirt, sondern ein dunkelgrünes Flatterkleid, das echt toll zu ihrem rötlichen Haar passt. »Ich glaube, es geht wieder los, Chloé.«

Pauline hat recht. Bis eben hat sich Ernst auf der Party noch ziemlich ruhig verhalten. Er ist mir weder auf die Pelle gerückt, noch hat er mich mit Limonade und Eis überhäuft wie die anderen Jungs. Ich hätte ahnen müssen, dass da etwas im Busch ist.

»Glaubst du, Ernst will etwas singen? Der ist doch in etwa so musikalisch wie meine Nachttischlampe!«, rufe ich und dränge mich durch die Menge bis zur Terrasse, wo die Karaokeanlage aufgebaut ist. »Wir müssen ihn davon abhalten.«

»Gute Idee.« Jetzt sind auch Angelique und Katja neben uns aufgetaucht und sehen uns alarmiert an. »Nur wie?«

»Wir könnten ihn irgendwo einsperren«, schlage ich vor. »So lange, bis die Party zu Ende ist.«

»Chloé, bist du irre?« Pauline scheint die Idee nicht sonderlich zu gefallen. Klar, schließlich ist sie immer noch bis über beide Ohren in ihn verliebt. »Wir sind doch keine Verbrecher.«

»Wie wäre es mit einer kleinen Notlüge?«, schlägt Katja vor. »Wir könnten erzählen, dass die Kümmel und der Oberhäusl wild herumknutschen. Dann würde Ernst sofort das Mikro fallen lassen. Und womöglich sogar Beweisfotos mit seinem Handy schießen wollen.«

»Das glaubt er uns nie im Leben«, antworte ich. In diesem Moment ertönen auch schon die ersten Akkorde aus der Musikanlage und das Gedränge wird dichter. Offenbar wollen alle sehen, welche Show sie hier erwartet. »Schnell, Leute, wir müssen uns beeilen!«

»Ich hab's!«, erklärt Angelique. »Im Keller ist der Zentralschalter für den Strom. Ich drehe ihm einfach den Saft ab!«

»Perfekt.« Angelique verschwindet durch die Kellertür,

während ich den Akkorden lausche und den Song langsam erkenne. Es ist »Only You«, ein ziemlich schmalziges Stück, von dem ich gar nicht wusste, dass Ernst es überhaupt kennt. Oje, bestimmt macht er sich ziemlich zum Affen, wenn er erst zu singen beginnt. Und das alles nur wegen mir und dem üblen Klobrillenzau…

»Chloé!«, ruft Pauline und sieht mich plötzlich verwundert an. »Hörst du das? Ist das tatsächlich Ernst, der da singt? Das klingt gar nicht mal so übel.«

Endlich schaffen wir es, uns bis zu Ernst und der Tonanlage durchzudrängen. Uns beiden bleibt der Mund offen stehen. Ernst trällert tatsächlich diesen schmalzigen Lovesong, und Leute, auch wenn ihr mir das niemals glauben werdet, es hört sich gar nicht mal so schlecht an.

»Ernst kann singen.« Pauline strahlt bis über beide Ohren. »Chloé, das macht ihn nur noch perfekter. Ach, er ist mein absoluter Traumtyp.«

Ernst hat mich in der Menge entdeckt und guckt mich während seines Ständchens immer wieder verliebt an. Dabei legt er die Hand an sein Herz, damit auch keiner auf der Party daran zweifelt, für wen er das Ständchen gerade zum Besten gibt. Einige der anderen Mädchen werfen mir sogar neidvolle Blicke zu. Die wissen natürlich nichts vom Klobrillenzauber und finden Ernsts Aktion einfach nur »total niedlich« und »megaromantisch«. Wenn die wüssten …

»Only youuuu«, holt Ernst gerade zum Refrain aus, während er vor mir auf die Knie sinkt. Doch gerade als er beim höchsten Ton angelangt ist, ist ein Knistern zu hören und plötzlich ist rings um uns alles schwarz.

Angelique. Sie hat es geschafft.

»Buuuh!«, rufen einige der Mädchen. Offenbar hat Ernst schon einige Fans. »Dreht den Saft wieder auf. Was soll denn das?«

»Bitte, bewahrt Ruhe.« Angeliques Vater, der Zahnarzt mit dem Strahlelächeln, taucht plötzlich aus dem dunklen Wohnzimmer auf. »Ich werde in den Keller gehen und nach dem Rechten sehen. Bleibt, wo ihr seid.«

Pauline, Katja und ich folgen Angeliques Vater bis in den Keller. Zum Glück hat er eine Taschenlampe dabei, denn sonst würden wir gar nicht sehen, wo wir hintreten.

»Engelchen!«, ruft Angeliques Vater, als er seine Tochter am Hauptschalter des Stromkastens entdeckt. »Was ist denn los?«

»Papa, wir haben ein Problem.« Angelique wirkt nervös. »Ich habe eben versucht, den Strom abzudrehen, damit Ernst nicht weitersingen kann … und jetzt lässt sich der Schalter nicht mehr umlegen. Ich fürchte, wir haben nun tatsächlich keinen Strom mehr.«

Oje. Das heißt, nicht nur keine Karaokeanlage, sondern auch kein Licht. Inzwischen ist es acht Uhr abends, in wenigen Minuten ist es draußen dunkel.

»Wir brauchen einen Notfallplan. Und Kerzen«, beschließt Pauline und tastet sich im Keller vorwärts. Etwas weiter links öffnet sie eine Schranktür und holt einige lange Kerzen heraus. »Hier, das ist Mamas Weihnachtskerzenvorrat.«

»Gute Idee«, lobt Angeliques Vater Pauline. »Und ich rufe inzwischen bei der Stromgesellschaft an. Die sollen schnell mal einen Techniker vorbeischicken, der die Anlage repariert.«

Gesagt, getan. Während Pauline, Angelique und ich zurück nach oben flitzen und die Kerzen arrangieren, kommt Ernst auf mich zu. »Chloé, was ist passiert? Wer hat den Strom abgedreht? Ich wollte dir doch so gerne ein richtiges Ständchen –«

»Stromausfall«, flunkere ich. »Deshalb können wir jetzt nicht länger die Karaokeanlage nutzen. Wir haben aber auch schon einen Plan B.«

Ernst wackelt mit den Augenbrauen. »Lass mich raten. Ein romantischer Abend bei Kerzenschein, mit mir, deinem Traumprinzen?«

»Pfff«, mache ich. »Nein, ich dachte da eher an ein Spiel. Mutproben. Wir verteilen einen Hut mit Zetteln darin, und jeder muss einen Zettel mit einer Mutprobe daraus ziehen.«

»Oh, Chloé!« Eigentlich hätte ich das ja von Ernst erwartet, aber jetzt ist es plötzlich Pauline, die angewidert das Gesicht verzieht. »Mutproben? Das ist ja total kindisch. Und außerdem altmodisch.«

Ich ziehe Pauline etwas näher zu mir herüber. »Ich wäre nicht so vorschnell, Pauline«, flüstere ich in ihr Ohr. »Ich glaube, dass dir das Spiel nämlich noch richtig gut gefallen könnte.«

Und siehe da – nicht nur Pauline findet Gefallen an meiner Idee. Auch Katja, Melanie und die anderen finden unser Mutprobenspiel großartig. Inzwischen hat Jonas es geschafft, sich hundert Salzstangen auf einmal in den Mund zu stecken, während Paul den restlichen Abend in Angeliques Klamotten (Rüschenrock und Glitzerbluse) verbringen muss. Nur Pauline, ich und Ernst waren noch nicht dran.

»Pauline, du bist dran«, erklärt Ernst. »Du musst aus dem Hut ziehen!«

Pauline sieht unsicher zu mir. Offenbar hat sie nun doch etwas Angst davor, dass sie eine ziemlich schlimme Mutprobe erwarten könnte. Was ich gut nachvollziehen kann, denn immerhin durfte sich jeder von uns im Vorfeld einige Mutproben ausdenken und in den Hut werfen. Jonas und Paul haben bestimmt widerliche Mutproben beigesteuert. Eine Spinne aus dem Keller holen und sich über den Arm krabbeln lassen. Oder Angeliques Eltern fiese Streiche spielen. Unsere Jungs können wirklich einfallsreich sein.

»Schau mal, Pauline«, flüstere ich ihr zu, als sie in den Hut späht, wo eine Menge Papierschnipsel herumkullern. »Zieh das ganz kleine Stück Papier, ganz links. Das ist die Mutprobe, die ich mir ausgedacht habe. Ich habe mir gemerkt, wie ich das Stück Papier gefaltet habe.«

»Aber …« Pauline hält inne und starrt mich an. »Ist das nicht Betrug?«

»Vertrau mir«, flüstere ich in ihr Ohr.

Zum Glück hört Pauline auf meinen Rat. Sie nimmt all ihren Mut zusammen, fasst in den Hut und holt mein Los heraus. Alle Partygäste gucken gespannt zu, wie sie den Zettel auseinanderfaltet und ihre Augen vor Erstaunen ganz groß werden.

»Was steht denn da?«, will Jonas wissen. »Musst du was Ekeliges tun? Einen Regenwurm essen?«

»Ich …« Pauline sieht selbst im Kerzenschein plötzlich ganz blass aus. »Ich muss Ernst küssen.«

»Iiih«, macht Jonas und schneidet eine Grimasse. »Das ist ja noch ekeliger, als einen Regenwurm zu essen. Mein Beileid, Pauline, du hast bestimmt das schlimmste Los von allen erwischt.«

»Aber …« Merkwürdigerweise ist auch Ernst erstaunlich blass geworden. Er nascht unaufhörlich aus der Chipstüte und hat zur Abwechslung mal keinen Spruch auf Lager. »Aber … Chloé! Chloé wäre bestimmt nicht einverstanden. Immerhin sind sie und ich …«

»… nur gute Freunde«, winke ich ab. »Echt! Ich hab gar kein Problem damit!«

Ernst wirkt immer noch unschlüssig, doch Pauline hat sich längst entschieden. Bevor Ernst es sich anders überlegen kann, rutscht sie auf ihn zu, beugt sich zu ihm und drückt ihm die Lippen auf den Mund.

»Wuhuuu!«, grölen die Jungs begeistert.

Wenige Sekunden später ist es auch schon vorbei. Pauline löst sich von Ernst, während der verwirrt den Kopf schüttelt und dabei blinzelt, als sähe er Pauline zum allerersten Mal. Hat unser Plan etwa geklappt? Hat der Kuss den Liebeszauber der Klobrille durchbrochen?

»Pauline! Das war ja …« Alle warten gespannt auf sein Urteil. »Das war ja der Hammer!«

Katja, Melanie, Angelique und ich jubeln, was Pauline und Ernst dazu veranlasst, nicht länger blass, sondern so rot zu werden wie die saftigen Tomaten drüben im Gemüsebeet.

»Ich fand den Kuss auch nicht übel«, gibt Pauline zu.

»Nun, vielleicht …« Ernst fährt sich verlegen durchs Haar. »… könnten wir gemeinsam Pläne fürs nächste Wochenende schmieden? Wir könnten weitere Mutproben unternehmen. Gemeinsam im Freibad vom Fünfmeterbrett springen.«

»Händchen haltend?«, will Pauline wissen und strahlt wie sonst nur an Tagen, in denen ein neuer Disneyfilm im Kino anläuft.

Ernst zwinkert ihr zu. »Warum nicht?« Dann sieht er sich um. »Sollen wir uns gemeinsam eine Cola vom Büfett holen? Langsam nerven die neugierigen Blicke der anderen. Ich glaube, die haben noch nie einen richtig spektakulären Kuss gesehen.«

»Leute, das müsst ihr euch ansehen!«, grölt Paul in diesem Moment. »Direktor Oberhäusl und Frau Kümmel küssen sich gerade. Und der Kuss ist noch spektakulärer als eben bei Pauline und –«

Weiter kommt Paul gar nicht mehr. Denn in diesem Moment wird er von den Partygästen überrannt, die sich alle beeilen, um Direktor Oberhäusl und Frau Kümmel knutschen zu sehen. Selbst ich, Angelique, Katja und Melanie wollen das auf keinen Fall verpassen und tatsächlich entdecken wir die beiden Turteltauben in der Hollywoodschaukel unterm Kirschbaum.

»Der Kuss ist zwar kein Kuss, sondern eher ein kleines Küsschen, trotzdem hätte ich das nie für möglich gehalten«, staunt Angelique. »Frau Kümmel, sind Sie etwa in unseren Direktor verknallt?«

»Ich, ähm …« Frau Kümmel scheint einen kurzen Moment sprachlos, dann plötzlich gibt sie dem armen Direktor eine schallende Ohrfeige. »Herr Direktor, Sie Lüstling! Sie haben mich mit diesem Kuss überfallen! Das werde ich dem Schulinspektor verraten.«

Herr Direktor Oberhäusl macht ein Gesicht, als verstehe er die Welt nicht mehr. »Aber liebste Lieselotte! Du hast doch mich geküsst! Du sagtest doch, du seist immer schon in mich verliebt gewesen, nur wolltest du nicht, dass die Schüler etwas davon –« Er wirft einen unsicheren Blick in unsere Richtung. »Ach so. Ups.«

Lieselotte, ähm, Frau Kümmel vergräbt ihren Kopf in den Händen. »Genau das meinte ich.«

Doch der Direktor lässt sich nicht beirren. Er steht auf und legt seine Hand aufs Herz. »Ich habe keine Geheimnisse! Ich bin verliebt in Lieselotte Kümmel. Und wenn ihr wollt, kann es die ganze Welt erfahren.«

Ernst verdreht die Augen. »Mann, Erwachsene sind so peinlich.«

»Ach komm schon, Ernst«, sagt Angelique und stupst ihn an. »Sei doch auch mal glücklich. Ich habe Heiko, du hast Pauline, Herr Direktor Oberhäusl hat Lieselotte –«

»Für euch immer noch Frau Kümmel!«, brüllt Frau Kümmel von der Hollywoodschaukel.

»Äh, ja, natürlich, Frau Kümmel. Und Chloé hat –«

Ich spüre einen dicken fetten Klumpen in meinem Magen. Chloé hat natürlich niemanden. Immerhin hat sie sich in jemanden verknallt, der in weniger als zwei Monaten nicht mal mehr ihren Namen wissen wird.

»Chloé hat uns«, erklären Melanie und Katja und legen den Arm um mich.

Für einen kurzen Moment bin ich versöhnt. Auch wenn ich in Liebesdingen so gar kein Glück habe, ich habe zumindest meine Freundinnen.

»Und mich«, ergänzt eine Stimme hinter meinem Rücken. »Tut mir leid, dass ich erst so spät auftauche. Mein Vater und ich mussten erst noch zwei Dutzend Mobiltoiletten zum Schwermetall-Krawall bringen. Ihr wisst schon, das Heavy-Metal-Festival, das diese Woche stattfindet.«

»Waldemar?«, staune ich und starre in seine meerwasserblauen Augen. »Du bist hier?«

»Natürlich«, sagt er und grinst. Schon wieder bilden sich diese zuckersüßen Grübchen in seinem Gesicht und ich kann nicht anders, als schwach zu werden. Waldemar ist wie Karamellschokolade. Da kann ich auch nicht widerstehen. »Und ich habe mitbekommen, dass ihr ein ziemlich cooles Spiel spielt. Und Ernst Pauline geküsst hat. Tut mir echt leid, dass ich im Kino so eifersüchtig war.«

»Schon okay«, sage ich versöhnlich. »Wir haben Mutproben erfunden. Willst du mitspielen?«

»Na klar.« Waldemar zaubert ein Stück Papier hinter seinem Rücken hervor. »Ich habe sogar schon ein Los gezogen. Und seht mal, was da draufsteht.«

Neugierig spähe ich auf Waldemars Los. Leider kann ich die Handschrift nicht zuordnen, aber das macht auch gar nichts. Denn was draufsteht, ist viel wichtiger. Darauf steht nämlich: Teile deiner großen Liebe mit, wie sehr du sie magst.

»Oh«, sage ich, während mir Waldemar das Stück Papier in die Hand drückt.

»Und weil ich kein Feigling bin, halte ich mich an die Vorgaben.« Kurzerhand fasst Waldemar nach meiner Hand. »Chloé, ich mag dich. Sehr sogar. So sehr, dass ich am liebsten immer in deiner Nähe sein möchte.«

»Oh ... ist das süß«, schwärmt Angelique. »Ihr beide passt so gut zusammen.«

»Das finde ich auch«, sagt Waldemar und seine Augen funkeln. »Jetzt sag doch auch mal was, Chloé.«

Leider fehlen mir die Worte, und das kommt wirklich nicht oft vor. Einerseits, weil Waldemars Liebesgeständnis so süß ist, dass ich am liebsten Luftsprünge machen würde – andererseits, weil ich weiß, dass es nichts weiter als Schall und Rauch ist. Ich muss ihm die Wahrheit sagen.

»Waldemar, zwischen uns … nun ja, das wird leider nichts«, teile ich ihm mit. Ich schaffe es gar nicht, in sein Gesicht zu sehen, so schwer fällt es mir.

»Was?« Waldemar sieht aus, als hätte ich ihm ins Gesicht geschlagen. »Aber ich dachte, du magst mich auch? Unser erstes Treffen auf dem Mädchenklo – das war alles so perfekt. Mein Vater sagt immer, für jeden Topf gibt es einen Deckel, und ich dachte immer, dass ich eine Pfanne sei. Aber seit ich dich kenne –«

»Es liegt an der Klobrille!«, stoße ich hervor. Eigentlich hatte ich nicht vorgehabt, Waldemar von dem Zauber zu erzählen, aus Angst, dass er mich für komplett irre halten würde. Aber jetzt war es auch schon egal.

»Welcher Klobrille?« Fragend starrt Waldemar in die Gesichter meiner Freunde.

»Casanovas Klobrille«, seufzt Angelique. »Chloé hat recht. Das mit euch beiden kann nichts werden. Denn du bist doch nur in sie verliebt, weil du kurz davor auf der magischen Klobrille gesessen hast. Das rosarote Ding im Jungsklo. Kannst du dich erinnern?«

Jetzt muss Waldemar lachen. »Magische Klobrille? Im Jungsklo? Das Jungsklo hat zwar eine Menge Schnickschnack zu bieten, aber von einer magischen Klobrille habe ich ja noch nie etwas gehört.«

Ich seufze. »Es ist aber wahr. Jeder, der auf ihr sitzt, verliebt sich danach. Gleich nachdem wir es herausgefunden haben, haben wir sie abmontiert, aber es dauert, bis der Zauber nachgelassen hat. Außer natürlich, man findet vorher seine wahre Liebe. Du kannst es ja mal versuchen, falls du irgendjemand in Verdacht hast. Vielleicht bist du deine Liebeskrankheit dann früher los.«

»Du meinst es ernst, oder?« Waldemar schüttelt fassungslos den Kopf. »Du denkst wirklich, die Klobrille ist magisch!«

»Ist sie auch«, erklärt Katja, ohne mit der Wimper zu zucken.

»Nur eins hast du nicht bedacht«, sagt Waldemar und zieht mich an sich. »Ich habe das Jungsklo in den letzten Wochen kein einziges Mal betreten.«

Mein Herz beginnt plötzlich wild zu klopfen. Was? Waldemar hat das Jungsklo gar nicht betreten? Und hat auch nicht auf der Klobrille gesessen?

»Aber wie kann das sein?«, fragt Ernst, der mit Pauline gerade zu uns gestoßen ist. Die beiden halten Händchen, ein gutes Zeichen. »Der Schultag dauert manchmal bis spätnachmittags, da muss doch jeder mal.«

Waldemar zieht uns zur Seite. »Da hast du natürlich recht. Aber wenn ihr die Wahrheit wissen wollt –«

»Du bist ein Vampir, längst tot und hast deshalb keine Verdauungsorgane?«, scherzt Ernst.

»Haben Vampire denn keine Verdauungsorgane?«, will Pauline wissen.

»Also in dem Film *Twilight* wohl eher nicht. Oder hast du Edward, den Vampir, schon mal aufs Klo huschen sehen? Er schläft nicht, also kann es doch gut sein, dass er auch nicht pieseln muss.«

Katja betrachtet Waldemar misstrauisch. »Gut möglich. Immerhin ist Waldemar auch richtig gut aussehend, so wie alle Vampire in dem Film.«

»Stopp, stopp, stoooopp!«, brüllt Waldemar. »Ich bin kein Vampir!«

»Sicher nicht?« Ernst wirkt enttäuscht. »Schade. Das hätte auf YouTube sicher mächtig Klicks gegeben, wenn ich ein Video von dir drehe, in dem du in der Sonne glitzerst.«

»Da muss ich dich leider enttäuschen.« Waldemar zuckt mit den Schultern. »Wie jeder normale Mensch muss auch ich hin und wieder aufs Klo. Aber weil es von unserem Klassenraum aus viel näher ist und wir alle ziemlich faul sind, benutzen wir heimlich die Lehrertoilette.«

»Oh«, macht Ernst. »Das ist aber eine ziemlich langweilige Erklärung.«

»Aber die Wahrheit.« Jetzt sieht Waldemar mich erneut an und ich spüre, wie in meinem Bauch ein Schmetterling zu tanzen beginnt. Kann das wahr sein? Hat Waldemar tatsächlich kein einziges Mal die rosarote Klobrille benutzt? Sind seine Gefühle tatsächlich echt?

»Heißt das …?«, frage ich und kann mein Glück kaum

fassen. Inzwischen tanzt nicht nur ein einziger Schmetterling in meinem Bauch, sondern ein ganzer Schwarm.

»Ich mag dich. Wirklich. Ganz ohne Magie«, sagt Waldemar weiter. »Und es scheint fast, als müsstest du mit mir noch öfter auf Dates am stillen Örtchen gehen.«

# Freibad mit W.C.

Leute, ich sage euch, das wird der beste Sommer aller Zeiten. Und das, obwohl ich die nächsten Wochen keinen Zugang zu meinem Lieblingsort haben werde, dem Mädchenklo. Denn die Schule ist geschlossen, während wir alle im Freibad liegen und die Sonne genießen. Wir, das sind Katja, Melanie, Angelique, Heiko, Pauline, Ernst, Waldemar und ich. So groß ist unsere Clique inzwischen schon. Nicht zu glauben, oder?

Waldemar ist inzwischen übrigens mein Freund, und ein bisschen kann ich schon verstehen, warum sich Ernst einst über Angeliquomir dauernd lustig gemacht hat. Waldemar und ich kleben nämlich auch ständig aneinander, teilen uns Eiscreme, schlürfen mit zwei Strohhalmen aus demselben Glas Limonade und lachen über Dinge, die nur wir witzig finden. Vermutlich sind wir kein bisschen besser.

»Pauline, was meinst du, springen wir gemeinsam vom Fünfmeterbrett?«, schlägt Ernst vor und zückt seine Handykamera. Vermutlich, um zu filmen. »Du hast es mir auf deiner Geburtstagsparty versprochen, kannst du dich erinnern?«

Ich kann sehen, wie Pauline zögert. Ernst und Pauline sind zwar offiziell noch kein Paar, aber ich schätze, dass es nicht mehr lange dauern wird. Die beiden grinsen sich ständig an und haben nur Augen füreinander. Ernst hat sogar schon einen Film über Pauline gedreht und ihn auf seinen YouTube-Kanal gestellt. Wenn das mal kein Liebesbeweis ist.

»Ach komm schon, Pauline«, helfe ich nach. »Vom Fünfmeterbrett springen ständig Liebespaare. Das ist hier Tradition. Sie klettern gemeinsam die Treppen hoch und stürzen sich zusammen ins kühle Nass. Soll Glück bringen.«

»Ja«, stimmt Melanie zu. »Dann hält die Liebe hundert Jahre. Und kann von keinen bösartigen magischen Klobrillen mehr zerstört werden.«

»Na fein, also los«, stimmt Pauline zu und zieht Ernst von seinem Strandtuch hoch. »Aber nur, wenn ihr alle springt. Man muss nicht unbedingt einen Freund haben, um da runterzuhüpfen. Also, seid ihr alle dabei?«

»Einverstanden«, sagen Melanie und Katja schnell.

»Logisch.« Auch Angeliquomir sind mit von der Partie.

»Klar«, sagt jetzt auch Waldemar und sieht mich mit seinen strahlend blauen Augen an. Ich kann mein Glück noch immer gar nicht fassen.

Auch ich habe nichts dagegen, selbst wenn mir in großen Höhen etwas mulmig zumute ist. Aber weil ich total verknallt bin, habe ich das Gefühl, dass mir mit Waldemar an meiner Seite gar nichts passieren kann. Komisch, oder?

Als wir schließlich quer durchs Freibad in Richtung Springturm gehen, fällt mir auf, dass sich vor den Treppen eine riesige Schlange gebildet hat.

»Huch.« Pauline bleibt abrupt stehen. »Das ist ja ein Andrang. Sind etwa so viele Leute verliebt, dass jetzt alle vom Fünfer springen wollen?«

»Das könnten noch die Nachwirkungen von Casanovas Klobrille sein«, rät Ernst. »Ich kann kaum glauben, dass ich auch unter ihrem Einfluss gestanden habe und in Chloé verliebt war.« Er schneidet eine Grimasse. »Bäh.«

»Hey!« Ich remple ihn an. »Du spinnst wohl!«

Ernst lacht und rückt seine Baseballkappe zurecht. »Jetzt entspann dich, Chloé. Ich meinte ja bloß, dass du ja beinahe so etwas wie eine Schwester für mich bist.«

»Da hast du ja gerade noch mal die Kurve gekriegt«, meint Waldemar lachend und legt den Arm um mich. »In Chloé verliebt zu sein ist nämlich alles andere als –«

»Ach du dickes Ei!«, unterbricht Pauline Waldemar und starrt nach oben zum Sprungturm. »Jetzt weiß ich, warum sich so eine riesige Schlange gebildet hat. Da oben stehen zwei und trauen sich nicht zu springen.«

»Heiliger Strohsack, das ist nicht irgendwer, Leute!« Ich gehe etwas näher an den Beckenrand und blicke nach oben. Die Umrisse kommen mir bekannt vor. Die Frau ist klein und pummelig und der Mann daneben groß und

hager. »Das sind Direktor Oberhäusl und Frau Kümmel, die da springen wollen.«

»Du hast recht! Kommt, wir machen ihnen Mut«, sagt Melanie, stellt sich neben mich und rudert mit den Armen. Dann formt sie ihre Hände zum Trichter und ruft: »Haaaaaallloo, Direktor Oberhäus… ich meine, Oberhauser! Wir sind's! Nur Mut, springen Sie runter!«

»Ja, na los! Dann hält Ihre Liebe hundert Jahre!«, brüllt Heiko.

»Nein!«, ruft Ernst. »Tun Sie es nicht! Sie beide sind nicht gerade die Leichtesten. Es könnte ordentlich platschen, und dann schwappt das Becken über und muss neu befüllt –«

Ich lege ihm die Hand auf den Mund, damit er nicht weiterreden kann. So ein Idiot. So dick ist Frau Kümmel nun wirklich nicht. »Los, Herr Direktor! Sie brauchen keine Angst zu haben. Machen Sie einfach eine Arschbombe und –«

»Hast du vor dem Direktor gerade das Wort ›Arsch‹ benutzt, Chloé?«, fragt Melanie schockiert.

»Was soll ich denn sonst sagen? Soll ich ihm etwa raten, dass er lieber einen Bauchklatscher hinlegen soll, bei dem ihm noch die nächsten drei Tage die Haut brennt? Das ist gefähr…«

Ich komme gar nicht dazu, weiterzusprechen. In diesem Moment nehmen Frau Kümmel und Direktor Oberhäusl Anlauf und springen Hand in Hand ins Becken. Direktor Oberhäusl macht dabei eine solch gute Figur, dass man glauben könnte, er wäre früher olympischer Turmspringer gewesen. Und Frau Kümmel? Sagen wir so – Ernst hatte recht, dass es ordentlich platschen würde.

»Holy Bimbam!«, sagt Ernst, als die beiden aus dem Wasser klettern. »Sie sind ja echt keine Angsthasen.« Und höflicherweise übersetzt er es auch noch mal für Frau Kümmel ins Englische: »You are really no fearbunnys!«

Frau Kümmel verdreht die Augen.

»Schön, euch zu sehen, Kinder«, sagt Direktor Oberhäusl freundlich. »Vermisst ihr die Schule?«

»Oh ja, und wie«, sage ich. Und das ist gar nicht mal gelogen.

»Echt?« Frau Kümmel kann nicht glauben, was sie da hört.

»Natürlich. Unser Klo zu Hause hat längst nicht so viel Luxus zu bieten wie das in der Schule«, erkläre ich. »Ich vermisse Giovanni, die Duftseifen, das Aquarium –«

»… die Playstation, die Dartscheibe, das Comictoilettenpapier«, macht Ernst weiter.

Während Ernst aufzählt, sieht Frau Kümmel den Direktor verblüfft an, und zum ersten Mal, seit wir sie kennen, breitet sich ein Lächeln auf ihren Lippen aus. Und ehrlich gesagt steht ihr die neue fröhliche Miene gar nicht so schlecht.

»Schüler, die gar nicht erwarten können, dass die Sommerferien zu Ende gehen?« Sie kichert. »Kaum zu glauben! Scheint fast so, als wäre dein Schulklo doch keine so schlechte Idee gewesen, mein Lieber.«

# EnzyKLOpädie

Kloweisheit #20:

Heute können sich Toiletten sogar selbst reinigen. Ein solches Hightech-Teil haben beispielsweise Ingenieure und Designer des Flugzeugbauers Boeing entwickelt. Mittels UV-Strahlung werden hier in nur drei Sekunden 99,9 Prozent aller Bakterien auf den Oberflächen gekillt.